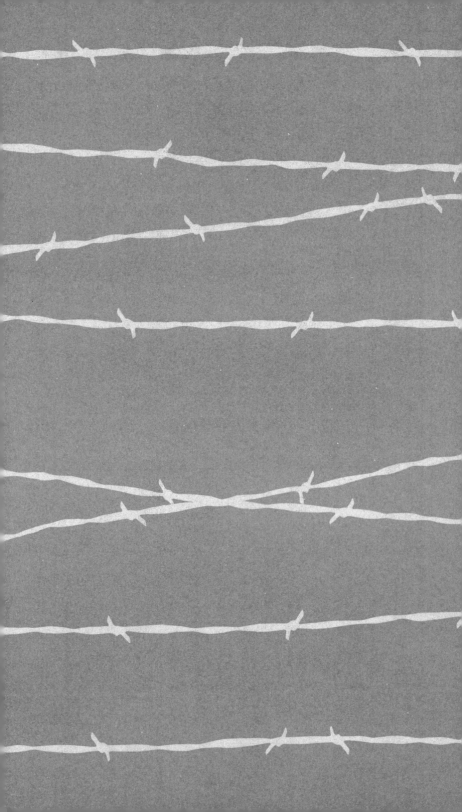

**El niño con el pijama de rayas**

**John Boyne** (Dublín, 1971) se formó en el Trinity College y en la Universidad de East Anglia. *El niño con el pijama de rayas* (Salamandra, 2007), una novela que obtuvo dos Irish Book Awards y fue finalista del British Book Award, se tradujo a más de cuarenta idiomas, vendió más de cinco millones de ejemplares y fue llevada al cine en 2008. En España, fue galardonada con el Premio de los Lectores 2007 de la revista *Qué Leer* y permaneció más de un año en las listas de libros más vendidos. Entre su amplia obra narrativa destacan *Motín en la Bounty*, *La casa del propósito especial*, *La apuesta*, *El ladrón de tiempo*, *En el corazón del bosque*, *El pacifista*, *El secreto de Gaudlin Hall*, *El niño en la cima de la montaña* y *Las huellas del silencio*. Su última novela es *Todas las piezas rotas* (2023), la conmovedora continuación de *El niño con el pijama de rayas*.

# JOHN BOYNE

## El niño con el pijama de rayas

Traducción de
**Gemma Rovira Ortega**

DEBOLS!LLO

Papel certificado por el Forest Stewardship Council®

Título original: *The Boy in the Striped Pyjamas*

Abril de 2025

© 2006, John Boyne
© 2007, 2019, 2025, Penguin Random House Grupo Editorial, S.A.U.
Travessera de Gràcia, 47-49. 08021 Barcelona
© 2007, Gemma Rovira Ortega, por la traducción
Diseño de la cubierta: Penguin Random House Grupo Editorial
basado en el diseño original de Penguin Random House UK

Penguin Random House Grupo Editorial apoya la protección de la propiedad intelectual. La propiedad intelectual estimula la creatividad, defiende la diversidad en el ámbito de las ideas y el conocimiento, promueve la libre expresión y favorece una cultura viva. Gracias por comprar una edición autorizada de este libro y por respetar las leyes de propiedad intelectual al no reproducir ni distribuir ninguna parte de esta obra por ningún medio sin permiso. Al hacerlo está respaldando a los autores y permitiendo que PRHGE continúe publicando libros para todos los lectores. De conformidad con lo dispuesto en el artículo 67.3 del Real Decreto Ley 24/2021, de 2 de noviembre, PRHGE se reserva expresamente los derechos de reproducción y de uso de esta obra y de todos sus elementos mediante medios de lectura mecánica y otros medios adecuados a tal fin. Diríjase a CEDRO (Centro Español de Derechos Reprográficos, http://www.cedro.org) si necesita reproducir algún fragmento de esta obra.
En caso de necesidad, contacte con: seguridadproductos@penguinrandomhouse.com

*Printed in Spain* – Impreso en España

ISBN: 978-84-663-8050-8
Depósito legal: B-1.481-2025

Impreso en Liberdúplex
Sant Llorenç d'Hortons (Barcelona)

P 3 8 0 5 0 8

Muchas gracias por leerme y por acompañarme en esta historia, espero que la disfrutes.

*para Jamie Lynch*

# 1

## El descubrimiento de Bruno

Una tarde, Bruno llegó de la escuela y se llevó una sorpresa al ver que Maria, la criada de la familia —que siempre andaba cabizbaja y no solía levantar la vista de la alfombra—, estaba en su dormitorio sacando todas sus cosas del armario y metiéndolas en cuatro grandes cajas de madera; incluso las pertenencias que él había escondido en el fondo del mueble, que eran suyas y de nadie más.

—¿Qué haces? —le preguntó con toda la educación de que fue capaz, pues, aunque no le hizo ninguna gracia encontrarla revolviendo sus cosas, su madre siempre le recordaba que tenía que tratarla con respeto y no limitarse a imitar el modo en que Padre se dirigía a la criada—. No toques eso.

Maria sacudió la cabeza y señaló la escalera, detrás de Bruno, donde acababa de aparecer la madre del niño. Era una mujer alta y de largo cabello pelirrojo, recogido en la nuca con una especie de redecilla. Se retorcía las manos, nerviosa, como si hubiera algo que le habría gustado no tener que decir o algo que le habría gustado no tener que creer.

—Madre —dijo Bruno—, ¿qué pasa? ¿Por qué Maria está revolviendo mis cosas?

—Está haciendo las maletas.

—¿Haciendo las maletas? —repitió él, y repasó a toda prisa los días anteriores, considerando si se había portado especialmente mal o si había pronunciado aquellas palabras que tenía prohibido pronunciar, y si por eso lo castigarían mandándolo a algún sitio. Pero no encontró nada. Es más, en los últimos días se había portado de forma perfectamente correcta y no recordaba haber causado ningún problema—. ¿Por qué? —preguntó entonces—. ¿Qué he hecho?

Pero Madre ya había subido a su dormitorio, donde Lars, el mayordomo, estaba recogiendo sus cosas. La mujer echó un vistazo, suspiró y alzó las manos con gesto de frustración antes de volver hacia la escalera. En ese momento Bruno subía, porque no pensaba olvidar el asunto sin haber recibido una explicación.

—Madre —insistió—, ¿qué pasa? ¿Vamos a mudarnos?

—Ven conmigo —dijo ella, señalando el gran comedor, donde la semana anterior había cenado el Furias—. Hablaremos abajo.

Bruno se volvió y bajó la escalera a toda prisa, adelantando a su madre, de modo que ya la esperaba en el comedor cuando ella llegó. La observó un momento en silencio y pensó que aquella mañana se había aplicado mal el maquillaje, porque tenía los bordes de los párpados más rojos de lo habitual, igual que se le ponían a él cuando se portaba mal, se metía en un aprieto y acababa llorando.

—Mira, hijo, no tienes que preocuparte —dijo ella, acomodándose en la silla donde se había sentado la acompañante del Furias, una rubia hermosísima, y desde donde ésta se había despedido de Bruno con la mano cuando Padre cerró las puertas—. Ya verás, de hecho vas a vivir una gran aventura.

—¿Qué aventura? ¿Vais a mandarme a algún sitio?

—No, no te vas sólo tú —repuso ella, y por un instante pareció que quería sonreír—. Nos vamos todos. Tú, Gretel, tu padre y yo. Los cuatro.

Bruno arrugó la nariz. No le importaba demasiado que enviaran a Gretel a algún sitio, porque ella era tonta de remate y no hacía más que fastidiarlo, pero le pareció un poco injusto que todos tuvieran que irse con ella.

—Pero ¿adónde? —preguntó—. ¿Adónde nos vamos? ¿Por qué no podemos quedarnos aquí?

—Es por el trabajo de tu padre. Ya sabes lo importante que es, ¿verdad?

—Sí, claro. —Bruno asintió con la cabeza. Siempre acudían muchas visitas a la casa (hombres con uniformes fabulosos y mujeres con máquinas de escribir que él no podía tocar con las manos sucias), y todos se mostraban muy educados con su padre y comentaban que era un hombre con porvenir y que el Furias tenía grandes proyectos para él.

—Bueno, pues a veces, cuando alguien es muy importante —continuó Madre—, su jefe le pide que vaya a algún sitio para hacer un trabajo muy especial.

—¿Qué clase de trabajo? —preguntó Bruno, porque sinceramente (y él siempre procuraba ser sincero consigo mismo) no estaba del todo seguro de en qué consistía el trabajo de Padre.

Un día, en la escuela, todos habían hablado de sus padres y Karl había dicho que el suyo era verdulero, y Bruno sabía que era verdad porque regentaba la verdulería del centro de la ciudad. Y Daniel había dicho que su padre era maestro, y Bruno sabía que era verdad porque enseñaba a los chicos mayores, aquellos a quienes no era conveniente acercarse. Y Martin había dicho que su padre era cocinero, y Bruno sabía que era verdad porque cuando iba a buscar a su hijo a la escuela siempre llevaba una bata blanca y un delantal de cuadros escoceses, como si acabara de salir de la cocina.

Pero cuando le preguntaron a Bruno qué hacía su padre, él abrió la boca para contestar y entonces se dio cuenta de que no lo sabía. Sólo podía decir que era un hombre con porvenir y que el Furias tenía grandes proyectos para él. Bueno, eso y que tenía un uniforme fabuloso.

—Es un trabajo muy importante —dijo Madre tras vacilar un instante—. Un trabajo para el que se requiere un hombre muy especial. Lo entiendes, ¿verdad?

—¿Y tenemos que ir todos?

—Por supuesto. No querrás que Padre vaya solo a hacer ese trabajo y que esté triste, ¿no?

—No, claro —concedió Bruno.

—Padre nos añoraría mucho si no nos tuviera a su lado —añadió ella.

—¿A quién añoraría más? ¿A mí o a Gretel?

—Os añoraría a ambos por igual —afirmó Madre, porque no le gustaba mostrar favoritismos, algo que Bruno respetaba, sobre todo porque sabía que en el fondo él era su favorito.

—Pero ¿y la casa? ¿Quién cuidará de ella mientras estemos fuera?

La madre suspiró y paseó la mirada por la habitación como si no fuera a verla nunca más. Era una casa muy bonita, con cinco plantas, contando el sótano donde el cocinero preparaba las comidas y donde Maria y Lars se sentaban a la mesa y discutían y se llamaban cosas que no había que llamar a nadie. Y contando también la pequeña buhardilla de ventanas inclinadas que había en lo alto del edificio, desde donde Bruno podía contemplar todo Berlín si se ponía de puntillas y se aferraba al marco.

—De momento tenemos que cerrar la casa —dijo Madre—. Pero algún día regresaremos.

—¿Y el cocinero? ¿Y Lars? ¿Y Maria? ¿No seguirán viviendo aquí?

—Ellos vienen con nosotros. Pero basta de preguntas. Quiero que subas y ayudes a Maria a hacer tus maletas.

El niño se levantó, pero no fue a ninguna parte. Necesitaba aclarar unas cuantas cosas más antes de dar el tema por zanjado.

—¿Y está muy lejos? —preguntó—. Ese sitio al que vamos. ¿Está a más de un kilómetro?

—¡Qué gracia! —exclamó Madre, y rió de manera extraña, porque no parecía contenta, desviando la mirada como para evitar que su hijo le viera la cara—. Sí, Bruno, está a más de un kilómetro. La verdad es que está bastante más lejos.

Bruno abrió mucho los ojos y sus labios formaron una O. Notó que los brazos se le extendían hacia los lados, como solía ocurrirle cuando algo le sorprendía.

—No querrás decir que nos vamos de Berlín, ¿verdad? —repuso, intentando tomar aire al mismo tiempo que pronunciaba aquellas palabras.

—Me temo que sí —dijo Madre, asintiendo tristemente con la cabeza—. El trabajo de tu padre es...

—Pero ¿y la escuela? —la interrumpió Bruno, algo que sabía que no debía hacer, aunque supuso que en aquella ocasión su madre le perdonaría—. ¿Y Karl y Daniel y Martin? ¿Cómo sabrán ellos dónde estoy cuando queramos hacer cosas juntos?

—Tendrás que despedirte de tus amigos por un tiempo. Pero descuida, volverás a verlos más adelante. Y no interrumpas a tu madre cuando te habla, por favor —añadió, pues pese a que aquélla era una noticia extraña y desagradable, no había ninguna necesidad de que Bruno incumpliera las normas de educación que le habían inculcado.

—¿Despedirme de ellos? —preguntó el niño mirándola fijamente—. ¿Despedirme de ellos? —repitió, escupiendo las palabras como si tuviera la boca llena de trocitos de galleta masticados—. ¿Despedirme de Karl y Daniel y Martin? —continuó, subiendo peligrosamente el tono hasta casi gritar, algo que no le estaba permitido dentro de casa—. Pero ¡si son mis tres mejores amigos para toda la vida!

—Bueno, ya harás nuevas amistades —dijo Madre quitándole importancia con un ademán, como si fuera fácil encontrar a tres mejores amigos para toda la vida.

—Es que nosotros teníamos planes —protestó él.

—¿Planes? —Madre enarcó las cejas—. ¿Qué clase de planes?

—Eso no puedo decírtelo —contestó Bruno, ya que sus planes consistían en portarse mal, sobre todo al cabo de unas semanas, cuando terminara el curso escolar y empezaran las vacaciones de verano. Entonces no tendrían que pasar todo el día sólo haciendo planes, sino que podrían ponerlos en práctica.

—Lo siento, hijo, pero tus planes tendrán que esperar. No tenemos alternativa.

—Pero...

—Basta, Bruno —espetó ella con brusquedad, poniéndose en pie para demostrarle que lo decía en serio—. Precisamente la semana pasada te quejabas de cómo habían cambiado las cosas en los últimos tiempos.

—Bueno, es que no me gusta que ahora haya que apagar todas las luces por la noche —admitió él.

—Eso lo hace todo el mundo. Así nos protegemos. Y quién sabe, quizá estemos más seguros si nos marchamos. Bueno, ahora quiero que subas y ayudes a Maria a hacer tus maletas. No tenemos tanto tiempo como me habría gustado para prepararnos, gracias a ciertas personas.

Bruno asintió y se alejó cabizbajo, consciente de que «ciertas personas» era una expresión que utilizaban los adultos y que significaba «Padre», y que él no debía emplearla.

Subió despacio la escalera, sujetándose a la barandilla con una mano mientras se preguntaba si en la casa nueva de aquel sitio nuevo donde estaba el trabajo nuevo de su padre habría una barandilla tan fabulosa como aquélla para deslizarse. Porque la barandilla de su casa arrancaba del último piso —justo enfrente de la pequeña buhardilla desde donde, si se ponía de puntillas y se aferraba al marco de la ventana, podía contemplar todo Berlín—, discurría hasta la planta baja y terminaba justo enfrente de la enorme puerta de roble de doble hoja. Y no había nada que a Bruno le gustara más que montarse en la barandilla en el último piso y deslizarse por toda la casa haciendo «zuuum».

Bajaba desde el último piso hasta el siguiente, donde se encontraban el dormitorio de sus padres y el cuarto de baño grande que no le dejaban utilizar.

Continuaba hasta el siguiente, donde estaba su dormitorio y el de Gretel, y el cuarto de baño más pequeño que sí le dejaban utilizar y que en realidad debería haber utilizado más a menudo.

Y seguía hasta la planta baja, donde se caía del extremo de la barandilla. Debía aterrizar con los dos pies si no quería recibir una penalización de cinco puntos y verse obligado a empezar de nuevo.

La barandilla era lo mejor de la casa —eso y que los abuelos vivían muy cerca—. Cuando reparó en aquello, Bruno se preguntó si ellos irían también al sitio del nuevo trabajo y supuso que sí, porque ¿cómo iban a dejarlos allí? A Gretel nadie la necesitaba mucho porque era tonta de remate —todo habría sido más fácil si ella se hubiera quedado al cuidado de la casa—, pero los abuelos... Hombre, aquello era muy distinto.

Subió despacio la escalera hacia su dormitorio, pero antes de entrar miró hacia abajo y vio a Madre abriendo la puerta del despacho de Padre, que se comunicaba con el comedor —y donde estaba Prohibido Entrar Bajo Ningún Concepto y Sin Excepciones—, y la oyó gritarle hasta que Padre gritó mucho más fuerte que ella, poniendo fin a la conversación. Entonces la puerta del despacho se cerró y Bruno no oyó nada más, de modo que le pareció buena idea volver a su habitación y encargarse personalmente de hacer las maletas; de lo contrario, Maria sacaría todas sus cosas del armario sin cuidado ni consideración, incluso las pertenencias que él había escondido en el fondo del mueble y que eran suyas y de nadie más.

# 2

## La casa nueva

Cuando vio su casa nueva por primera vez, Bruno abrió los ojos desmesuradamente, sus labios formaron una O y los brazos se le extendieron hacia los lados. Era todo lo contrario de su antigua casa y no podía creer que de verdad fueran a vivir allí.

La casa de Berlín estaba en una calle tranquila donde había otras también muy grandes, y le gustaba contemplarlas porque eran casi iguales a la suya, aunque no idénticas, y en ellas vivían otros niños con los que Bruno jugaba (si eran amigos) o a los que no se acercaba (si eran rivales). La nueva, en cambio, estaba aislada, en un sitio vacío y desolado, y no había ninguna otra casa cerca, lo que significaba que no habría otras familias en el vecindario ni otros niños con los que jugar, ni amigos ni rivales.

La casa de Berlín era enorme, y pese a que Bruno había vivido nueve años en ella, todavía encontraba rincones y recovecos que no había explorado a fondo.

Incluso había habitaciones enteras —como el despacho de Padre, donde estaba Prohibido Entrar Bajo Ningún Concepto y Sin Excepciones— en las que apenas había curioseado. Sin embargo, la casa nueva sólo tenía dos plantas: un piso superior donde estaban los tres dormitorios y el único cuarto de baño, y una planta baja donde se encontraban la cocina, el comedor y el nuevo despacho de Padre (sujeto, presumiblemente, a las mismas restricciones que el antiguo). También había un sótano, donde dormía el servicio.

Alrededor de la de Berlín había otras calles con grandes casas, y cuando caminabas hacia el centro de la ciudad siempre encontrabas personas que paseaban y se paraban para charlar un momento, y personas que pasaban con prisa y decían que no tenían tiempo de pararse, aquel día no, porque aquel día tenían un montón de cosas que hacer. Había tiendas con llamativos escaparates y puestos de fruta y verdura con enormes bandejas de coles, zanahorias, coliflores y mazorcas de maíz. En algunos apenas cabían los puerros, champiñones, nabos y coles de Bruselas; había otros con lechugas, judías verdes, calabacines y chirivías. A veces Bruno se plantaba delante de aquellos puestos, cerraba los ojos y aspiraba sus aromas; la dulce mezcla de efluvios de toda aquella materia viva le producía un ligero mareo. Pero alrededor de la casa nueva no había otras calles, ni nadie paseando tranquilamente ni caminando con prisa, y por supuesto, tampoco ninguna tienda ni puestos de fruta y verdura. Cuando cerraba los ojos, sólo notaba vacío y frío alrededor, como si se hallara en el lugar más solitario del planeta. Era como el fondo de la nada.

En Berlín la gente sacaba mesas a la calle, y a veces, cuando Bruno volvía caminando de la escuela con Karl, Daniel y Martin, había hombres y mujeres sentados a aquellas mesas, tomando bebidas espumosas y riendo a carcajadas; la gente que se sentaba a aquellas mesas debía de ser muy graciosa, pensaba él, porque dijeran lo que dijesen siempre había alguien que se reía. Sin embargo, la casa nueva tenía algo que hizo pensar a Bruno que allí nunca se reía nadie; que no había nada de que reírse y nada de que alegrarse.

—Me parece que nos hemos equivocado —opinó Bruno unas horas después de su llegada, mientras Maria deshacía las maletas en el piso de arriba. (Maria no era la única criada en la casa nueva: había otras tres que estaban muy flacas y casi nunca hablaban entre ellas, salvo esporádicos susurros. También había un anciano que, según dijeron a Bruno, se encargaría de preparar las hortalizas todos los días y servirles la comida en el comedor, y que parecía muy desdichado y un poco malhumorado.)

—A nosotros no nos corresponde pensar —dijo Madre mientras abría una caja que contenía un juego de sesenta y cuatro vasitos que los abuelos le habían regalado cuando se casó con Padre—. Ciertas personas toman las decisiones por nosotros.

Como no sabía qué significaba aquello, Bruno fingió no haberla oído.

—Me parece que nos hemos equivocado —repitió—. Creo que lo mejor será olvidar todo esto y volver a casa. La experiencia es la madre de la ciencia —añadió, una frase que había aprendido hacía poco y que le gustaba utilizar siempre que era posible.

Madre sonrió y colocó los vasos con cuidado encima de la mesa.

—Te voy a enseñar otro refrán —dijo—: «Al mal tiempo, buena cara.»

—Pues yo no veo que pongamos buena cara. Creo que deberías decirle a Padre que has cambiado de idea. Si no hay más remedio que pasar el resto del día aquí, y cenar y quedarnos a dormir esta noche porque todos estamos cansados, no importa, pero mañana tendríamos que levantarnos temprano si queremos llegar a Berlín antes de la hora de merendar.

Madre suspiró.

—Bruno, ¿por qué no subes y ayudas a Maria a deshacer las maletas? —dijo.

—¿Para qué voy a deshacer las maletas si sólo vamos a...?

—¡Sube, Bruno, por favor! —le espetó Madre, porque al parecer no había inconveniente en que ella lo interrumpiera a él, pero no funcionaba igual a la inversa—. Estamos aquí, hemos llegado, éste será nuestro hogar en el futuro inmediato y tenemos que poner al mal tiempo buena cara. ¿Me has entendido?

Bruno no sabía qué significaba «el futuro inmediato», y así lo dijo.

—Significa que ahora vivimos aquí —explicó Madre—. Y no se hable más.

Al niño le dio un retortijón; algo crecía en su interior, algo que cuando ascendiera de las profundidades de su ser y saliera al mundo exterior le haría gritar y chillar que todo aquello era una equivocación y una injusticia y un grave error por el que alguien pagaría tarde o temprano, o que sencillamente le haría prorrumpir en llanto. No entendía cómo habían podido llegar a aquella situación. Él estaba tan tranquilo, jugando en su casa, con sus tres mejores amigos para toda la vida, deslizándose por la barandilla de la escalera, intentando ponerse de puntillas para contemplar todo Berlín, y de pronto se encontraba atrapado allí, en aquella casa fría y horrible con tres criadas que hablaban en susurros y un camarero de aspecto desdichado y malhumorado, donde parecía que nadie podría estar alegre nunca.

—Bruno, he dicho que subas y deshagas las maletas ahora mismo —le ordenó Madre con aspereza.

Él supo que hablaba en serio, así que dio media vuelta y se marchó sin decir nada más. Las lágrimas se le acumulaban en los ojos, pero no permitiría que se vertieran.

Subió al piso de arriba y se volvió lentamente, describiendo un círculo completo, con la esperanza de descubrir una pequeña puerta o un armario que más tarde podría explorar, pero no había nada. En aquella planta sólo había cuatro puertas, dos a cada lado del pasillo, enfrentadas. Una daba a su dormitorio, otra al dormitorio de Gretel, otra al dormitorio de Madre y Padre y otra al cuarto de baño.

—Éste no es mi hogar y nunca lo será —masculló al entrar en su habitación y encontrar toda su ropa esparcida por la cama y las cajas de juguetes y libros todavía por vaciar. Era evidente que Maria no tenía claras sus prioridades—. Mi madre me ha dicho que venga a ayudarte —dijo con voz queda.

Maria asintió y señaló una gran bolsa que contenía todos sus calcetines, camisetas y calzoncillos.

—Si quieres, separa todo eso y ve poniéndolo en esa cómoda de ahí. —Señaló un feo mueble al fondo de la habitación, junto a un espejo cubierto de polvo.

Bruno suspiró y abrió la bolsa repleta de ropa interior. Le habría encantado meterse dentro y confiar en que cuando saliera habría despertado y se encontraría de nuevo en su casa.

—¿Tú qué piensas de todo esto, Maria? —preguntó tras un largo silencio; siempre había sentido simpatía por Maria, a quien consideraba una más de la familia, pese a que Padre dijera que sólo era una criada y con un sueldo excesivo, por cierto.

—¿De qué?

—De esto —dijo él, como si fuera lo más obvio del mundo—. De que hayamos venido a un sitio como éste. ¿No crees que hemos cometido un grave error?

—Yo no soy nadie para opinar sobre eso, señorito Bruno —repuso Maria—. Tu madre ya te ha explicado que el trabajo de tu padre...

—¡Jo, estoy harto de oír hablar del trabajo de Padre! Es lo único de lo que se habla, la verdad. El trabajo de Padre no sé qué y el trabajo de Padre no sé cuántos. Mira, si ese trabajo significa que tenemos que irnos de casa y que tengo que dejar la barandilla de la escalera y a mis tres mejores amigos para toda la vida, creo que Padre debería replantearse su trabajo, ¿no te parece?

Entonces se oyó un chirrido proveniente del pasillo. Bruno se asomó y vio cómo se abría un poco la puerta de la habitación de Madre y Padre. Se quedó paralizado. Madre seguía abajo, lo cual significaba que Padre estaba allí y que quizá hubiera oído lo que Bruno acababa de decir. Se quedó mirando la puerta, casi sin atreverse a respirar, temiendo que Padre saliera de repente para llevárselo abajo y leerle la cartilla.

La puerta se abrió un poco más y Bruno dio un paso atrás al ver aparecer una figura, pero no era Padre. Era un hombre mucho más joven y más bajo que Padre, aunque vestía el mismo tipo de uniforme, sólo que sin tantos adornos. Estaba muy serio y llevaba la gorra firmemente calada. Bruno vio que tenía el pelo muy rubio alrededor de las sienes, de un rubio casi artificial. Llevaba una caja en las manos y se dirigía hacia la escalera, pero se paró un momento al ver a Bruno allí plantado, observándolo. Lo miró de arriba abajo como si fuera la primera vez que veía a un niño y no estuviera muy seguro de qué hacer con él: comérselo, hacer caso omiso de él o pegarle una patada y echarlo escaleras abajo. Al final lo saludó con un rápido gesto y siguió su camino.

—¿Quién era ése? —preguntó Bruno. Parecía un joven tan serio y tan agobiado que debía de tratarse de alguien muy importante.

—Uno de los soldados de tu padre, supongo —contestó Maria, que al ver aparecer al joven se había puesto muy tiesa y juntado las manos delante del pecho como si rezara. En lugar de mirarlo a la cara, había bajado la vista al suelo, como si temiera convertirse en piedra si atisbaba sus ojos; no se relajó hasta que el joven se hubo marchado—. Ya los iremos conociendo.

—Creo que no me cae bien. Parece demasiado serio.

—Tu padre también es muy serio —observó Maria.

—Sí, pero él es Padre. Los padres han de ser serios. Tanto da que sean verduleros, maestros, cocineros o comandantes —añadió, enumerando todos los trabajos que sabía que hacían los padres decentes y respetables y sobre cuyos títulos había meditado en numerosas ocasiones—. Y no me parece a mí que ése sea un padre. Aunque se lo veía muy serio, eso sí.

—Bueno, es que tienen un trabajo muy serio —suspiró la criada—. O al menos eso creen ellos. Pero yo en tu lugar evitaría a los soldados.

—Aparte de eso, no veo qué otra cosa puedo hacer —dijo Bruno con tristeza—. Ni siquiera creo que haya alguien con quien jugar que no sea Gretel. Menudo consuelo. Gretel es tonta de remate.

De nuevo sintió ganas de llorar, pero se contuvo, pues no quería parecer un niño pequeño delante de Maria. Echó un vistazo al dormitorio, intentando descubrir algo interesante. No había nada, o al menos eso parecía. Pero entonces le llamó la atención una cosa. En el lado opuesto al de la puerta había una ventana que arrancaba del techo y se prolongaba a lo largo de la pared, parecida a la de la buhardilla de la casa de Berlín, sólo que no estaba tan alta. Bruno la miró y pensó que quizá podría ver por ella sin necesidad de ponerse de puntillas.

Se acercó poco a poco, con la esperanza de divisar Berlín y su casa y las calles aledañas y las mesas donde los vecinos se sentaban a tomar sus bebidas espumosas y contarse historias graciosísimas. Avanzó despacio porque no quería llevarse un chasco. Pero como aquél era el dormitorio de un niño, no tuvo que caminar demasiado para llegar a la ventana. Pegó la cara al cristal y vio lo que había fuera, y esta vez, si bien sus ojos se abrieron desmesuradamente y sus labios formaron una O, sus manos permanecieron pegadas a los costados porque algo le hizo sentir un frío y un temor muy intensos.

# 3

## La tonta de remate

Bruno estaba seguro de que habría sido mejor dejar a Gretel en Berlín cuidando la casa, porque sólo daba problemas. De hecho, más de una vez había oído decir que Gretel había sido un Problema Desde el Primer Día.

Su hermana era tres años mayor que Bruno y desde que él tenía uso de razón le había dejado muy claro que en lo relativo a los asuntos del mundo, sobre todo cualquier asunto del mundo que afectara a ambos, quien mandaba era ella. A Bruno no le gustaba admitir que le tenía un poco de miedo, pero sinceramente —y él siempre procuraba ser sincero consigo mismo— debía aceptar que así era.

Gretel tenía unas costumbres muy desagradables, como suele pasar con todas las hermanas. Para empezar, se entretenía demasiado en el cuarto de baño por las mañanas, sin importarle que Bruno estuviese esperando fuera dando saltitos, aguantándose el pis.

Tenía una vasta colección de muñecas en los estantes que cubrían las paredes de su habitación, y cuando Bruno entraba allí las muñecas clavaban sus ojos en él y lo seguían con la mirada, observando todos sus movimientos. Bruno estaba convencido de que si entrara en la habitación de Gretel para explorar cuando ella no estuviese en casa, luego las muñecas se lo contarían todo. Además, tenía unas amigas muy antipáticas que por lo visto pensaban que era muy divertido burlarse de él, pero él jamás habría permitido algo así si hubiera sido tres años mayor que su hermana. Daba la impresión de que a las amigas antipáticas de Gretel no había nada que les gustara más que torturarlo y decirle cosas desagradables cuando no estaban cerca Madre ni María.

—Bruno no tiene nueve años, sólo tiene seis —decía siempre uno de aquellos monstruos, con un sonsonete, bailando alrededor de él e hincándole un dedo en las costillas.

—Tengo nueve —protestaba él, intentando alejarse.

—Entonces ¿por qué eres tan bajito? —preguntaba el monstruo—. Todos los niños de nueve años son más altos que tú.

Aquello era cierto, y se trataba de una cuestión particularmente delicada para Bruno. El no ser tan alto como los demás niños de su clase era una fuente de constante amargura. De hecho, sólo les llegaba por los hombros. Cuando caminaba por la calle con Karl, Daniel y Martin, a veces la gente lo tomaba por el hermano pequeño de uno de ellos, cuando en realidad era el segundo en edad.

—Venga, di la verdad: sólo tienes seis años —insistía el monstruo.

Bruno se iba corriendo y hacía sus estiramientos y confiaba en que una mañana despertaría y habría crecido un palmo o dos.

Así que una de las ventajas de no estar en Berlín era que ninguna de aquellas brujas aparecería para martirizarlo. Otra ventaja de verse obligado a permanecer en la casa nueva un tiempo, incluso un mes entero, era que quizá hubiera crecido cuando volvieran a su verdadera casa, y entonces ellas ya no podrían maltratarlo. Aquello era algo que debía recordar si quería seguir la sugerencia de Madre: poner al mal tiempo buena cara.

Irrumpió en la habitación de Gretel sin llamar a la puerta y la encontró distribuyendo su ejército de muñecas por los estantes de las paredes.

—¿Qué haces aquí? —le gritó ella, volviéndose rápidamente—. ¿No sabes que no se entra en la habitación de una dama sin llamar a la puerta?

—¿Te has traído todas las muñecas? —preguntó Bruno, que tenía la costumbre de contestar a las preguntas de su hermana con otra pregunta.

—Pues claro. ¿Qué querías que hiciera, dejarlas en casa? Podrían pasar semanas antes de que volvamos allí.

—¿Semanas? —repitió él fingiendo decepción, pero en secreto se alegró porque se había resignado a la idea de pasar todo un mes allí—. ¿Estás segura?

—Se lo he preguntado a Padre y ha dicho que nos quedaremos aquí en el futuro inmediato.

—¿Qué significa exactamente el futuro inmediato? —quiso saber Bruno, sentándose en el borde de la cama.

—Significa las próximas semanas —contestó Gretel y asintió con la cabeza—. Unas tres semanas.

—Qué alivio. Mientras sea el futuro inmediato y no un mes entero... Porque esto es horrible.

Gretel lo miró y, por una vez, tuvo que admitir que estaba de acuerdo con él.

—Ya —dijo—. No es muy bonito, ¿verdad?

—Es horrible —repitió Bruno.

—Bueno, sí. Ahora puede parecer horrible. Pero cuando arreglemos un poco la casa seguro que no nos parecerá tan mal. Le oí decir a Padre que quienes vivían aquí en Auchviz antes que nosotros perdieron su empleo muy deprisa y no tuvieron tiempo de arreglar la casa para nosotros.

—¿Auchviz? —preguntó Bruno—. ¿Qué es un auchviz?

—«Un» Auchviz no, Bruno —suspiró Gretel—. Sólo Auchviz.

—Bueno, pues ¿qué es Auchviz?

—Es el nombre de la casa. Auchviz.

Bruno reflexionó. Fuera no había visto ningún letrero con ese nombre, ni nada escrito en la puerta principal.

Su casa de Berlín ni siquiera tenía nombre; se llamaba sencillamente «número cuatro».

—Pero ¿por qué ese nombre? —preguntó, exasperado.

—Auchviz era la familia que vivía aquí antes que nosotros, supongo —dijo Gretel—. El padre no debía de hacer bien su trabajo y alguien dijo: «Largaos, ya buscaremos a otro que sepa hacerlo mejor.»

—Te refieres a Padre.

—Claro —dijo Gretel, que siempre hablaba de Padre como si él no se equivocara ni se enfadara nunca, y como si siempre fuese a darle un beso de buenas noches antes de que ella se durmiera, cosa que, si Bruno hubiera sido justo y olvidado la tristeza que le producía la mudanza, habría admitido que Padre también hacía con él.

—Entonces ¿estamos aquí, en Auchviz, porque alguien echó a la familia que vivía en esta casa antes que nosotros?

—Exacto, Bruno. Y ahora, sal de encima de mi colcha. Me la estás arrugando.

Bruno saltó de la cama y aterrizó en la alfombra con un ruido sordo. No le gustó: era un sonido muy hueco, así que decidió que sería mejor no ir dando saltos por aquella casa porque podía derrumbarse y caérseles encima.

—Esto no me gusta —repitió por enésima vez.

—Ya lo sé —dijo Gretel—. Pero no podemos hacer nada, ¿no?

—Echo de menos a Karl, Daniel y Martin.

—Y yo a Hilda, Isobel y Louise —dijo Gretel, y Bruno intentó recordar cuál de las tres niñas era el monstruo.

—Los otros niños no parecen nada simpáticos —comentó, y Gretel, que estaba poniendo una de sus muñecas más aterradoras en un estante, se dio la vuelta y lo miró fijamente.

—¿Qué has dicho? —preguntó.

—He dicho que los otros niños no parecen nada simpáticos.

—¿Los otros niños? —repitió Gretel, desconcertada—. ¿Qué otros niños? Yo no he visto ninguno.

Bruno miró en derredor. En la habitación de Gretel también había una ventana, pero como estaban en el otro lado del pasillo, frente a la habitación de él, la ventana daba a la dirección opuesta. Procurando mantener un aire de misterio, Bruno se dirigió hacia la ventana. Metió las manos en los bolsillos de sus pantalones cortos e intentó silbar una melodía y esquivar la mirada de su hermana.

—¡Bruno! —dijo ésta—. ¿Qué demonios haces? ¿Te has vuelto loco?

Él siguió andando y silbando, sin mirarla, hasta que llegó a la ventana. Por suerte, era lo bastante baja para poder mirar por ella. Se asomó y vio el coche en que habían llegado, así como tres o cuatro coches más de los soldados de Padre, algunos de los cuales andaban por allí, fumando cigarrillos y riendo de algo mientras miraban con nerviosismo hacia el edificio. Un poco más allá estaba el camino de la casa, y más allá había un bosque que parecía ideal para explorar.

—Bruno, ¿quieres hacer el favor de explicarme qué has querido decir con ese último comentario? —preguntó Gretel.

—Mira, un bosque —dijo él sin hacerle caso.

—¡Bruno! —le espetó su hermana, avanzando hacia él con unas zancadas tan grandes que el niño se apartó de un brinco de la ventana.

—¿Qué? —preguntó fingiendo no saber a qué se refería.

—Los otros niños. Has dicho que no parecen nada simpáticos.

—Es verdad. —No quería juzgarlos antes de conocerlos, pero no tenía más remedio que guiarse por las apariencias, pese a que Madre le había dicho muchas veces que aquello no estaba bien.

—Pero ¿qué otros niños? ¿Dónde están?

Bruno sonrió y le indicó que lo acompañara. Ella resopló y siguió a su hermano; fue a dejar la muñeca en la cama, pero se lo pensó mejor y la abrazó con fuerza. Al entrar en el dormitorio de Bruno, Maria casi la derriba, pues en ese momento salía atropelladamente llevando lo que parecía un ratón muerto.

—Están ahí fuera —dijo Bruno, mirando por la ventana. No se dio la vuelta para comprobar si Gretel había entrado en la habitación; estaba absorto observando a los niños. Por un momento, hasta olvidó que su hermana estaba allí.

Gretel se había detenido en el umbral; se moría de ganas de mirar también, pero algo en el tono de Bruno y en el modo como miraba la puso nerviosa. Su hermano nunca había conseguido engañarla y suponía que tampoco la estaba engañando en aquel momento, pero algo en su actitud la hacía dudar sobre si de verdad quería ver a aquellos niños. Tragó saliva, ansiosa, y rezó en silencio para que volvieran a Berlín en el futuro inmediato y no pasado todo un mes como había apuntado Bruno.

—¿Qué? —dijo el niño al volverse y verla plantada en el umbral, estrechando su muñeca, con las rubias trenzas en perfecto equilibrio sobre los hombros, a punto para recibir un buen tirón—. ¿No quieres verlos?

—Claro que sí —replicó ella, y avanzó con paso vacilante—. Quítate de en medio —dijo, propinándole un codazo.

Hacía una tarde radiante y soleada, y el sol salió por detrás de una nube en el preciso instante en que Gretel se asomó a la ventana; pero un momento más tarde sus ojos se adaptaron a la luz, el sol se ocultó de nuevo y la niña pudo ver exactamente a qué se refería Bruno.

4

## Lo que vieron por la ventana

Para empezar, no eran niños. Al menos no todos. Había niños pequeños y niños mayores, pero también padres y abuelos. Quizá también algunos tíos. Y unas cuantas personas de las que viven en las calles y que parecen no tener familia.

—¿Quiénes son? —preguntó Gretel, tan boquiabierta como solía quedarse su hermano últimamente—. ¿Qué clase de sitio es ése?

—No estoy seguro —dijo Bruno, sin faltar a la verdad—. Pero no es tan bonito como Berlín, eso sí lo sé.

—¿Y dónde están las niñas? ¿Y las madres? ¿Y las abuelas?

—A lo mejor viven en otra zona.

Gretel no quería seguir mirando, pero le resultaba muy difícil apartar la mirada. Hasta entonces, lo único que había visto era el bosque hacia el que estaba orientada su ventana; parecía un poco oscuro, pero quizá más allá hubiera algún claro donde hacer meriendas campestres. Sin embargo, desde aquel lado de la casa el panorama era muy diferente.

A primera vista no estaba tan mal. Justo debajo de la ventana de Bruno había un jardín bastante grande y lleno de flores en pulcros y ordenados arriates. Parecían muy bien cuidados por alguien que hubiera comprendido que plantar flores en un sitio como aquél era una buena idea, como lo habría sido, durante una oscura noche de invierno, encender una velita en el rincón de un lúgubre castillo situado en medio de un brumoso páramo.

Más allá de las flores había un bonito adoquinado con un banco de madera, donde Gretel se imaginó sentada al sol leyendo un libro. En el respaldo del banco se veía una placa, pero desde aquella distancia no logró leer la inscripción. El asiento estaba orientado hacia la casa, lo cual podía resultar un poco extraño, pero dadas las circunstancias la niña lo entendió.

Unos seis metros más allá del jardín y las flores y el banco con la placa, todo cambiaba: paralela a la casa discurría una enorme alambrada, con la parte superior inclinada hacia dentro, que se extendía en ambas direcciones hasta más allá de donde alcanzaba la vista. Era una alambrada muy alta, incluso más que la casa donde se hallaban los niños, y estaba sostenida por gruesos postes de madera, como los de telégrafos, repartidos a intervalos. En lo alto, gruesos rollos de alambre de espino enredados formaban espirales. Gretel sintió un escalofrío al ver las afiladas púas.

Detrás de la alambrada no crecía hierba; de hecho, a lo lejos no se veía ningún tipo de vegetación. El suelo parecía de arena, y Gretel sólo vio pequeñas cabañas y grandes edificios cuadrados, separados entre ellos, y una o dos columnas de humo a lo lejos. Abrió la boca para decir algo, pero no encontró palabras para expresar su sorpresa, así que hizo lo único sensato que se le ocurrió: volver a cerrarla.

—¿Lo ves? —dijo Bruno a su espalda. Estaba satisfecho de sí mismo porque, fuera lo que fuese aquello que se veía y fueran quienes fuesen aquellas personas, él lo había visto primero y podría verlo siempre que quisiera, puesto que se veía desde su ventana y no desde la de Gretel. Por tanto, todo aquello le pertenecía: él era el rey de todo lo que contemplaban y ella su humilde súbdita.

—No lo entiendo —admitió Gretel—. ¿A quién se le ocurriría construir un sitio tan horrible?

—¿Verdad que es horrible? Me parece que esas casuchas sólo tienen una planta. Mira qué bajas son.

—Deben de ser casas modernas —sugirió su hermana—. Padre odia las cosas modernas.

—Entonces no creo que le gusten.

—No —dijo Gretel, y siguió contemplándolas. Tenía doce años y se la consideraba una de las niñas más inteligentes de su clase, así que apretó los labios, entornó los ojos y se exprimió el cerebro para comprender qué era aquello.

—Esto debe de ser el campo —concluyó al fin, volviéndose a mirar a su hermano con expresión de triunfo.

—¿El campo?

—Sí, es la única explicación, ¿no te das cuenta? Cuando estamos en casa, en Berlín, estamos en la ciudad. Por eso hay tanta gente y tantas casas, y tantas escuelas llenas de niños, y no puedes caminar por el centro de la ciudad un sábado por la tarde sin que la multitud te empuje.

—Ya... —asintió Bruno, intentando seguir el razonamiento.

—Pero en clase de Geografía nos enseñaron que en el campo, donde están los granjeros y los animales, y donde se cultivan los alimentos, hay zonas inmensas como ésta donde vive y trabaja la gente que envía a la ciudad todo lo que nosotros comemos. —Miró de nuevo por la ventana y contempló la gran extensión que se abría ante ella, fijándose en las distancias que había entre las cabañas—. Sí, debe de ser eso. Es el campo. A lo mejor ésta es nuestra casa de veraneo —añadió esperanzada.

Bruno reflexionó y negó con la cabeza.

—No lo creo —dijo con convicción.

—Tienes nueve años —replicó Gretel—. ¿Qué sabrás tú? Cuando tengas mi edad entenderás mucho mejor estas cosas.

Bruno sabía que era más pequeño, pero no estaba de acuerdo en que eso le impidiera tener razón.

—Pero si esto es el campo, como dices, ¿dónde están todos esos animales de los que hablas?

Gretel abrió la boca para replicar, pero no se le ocurrió ninguna respuesta adecuada, así que miró de nuevo y escudriñó el terreno en busca de los animales. No los había por ninguna parte.

—Si fuera una granja, habría vacas, cerdos, ovejas y caballos —dijo Bruno—. Y gallinas y patos.

—Pues no hay ninguno —admitió Gretel en voz baja.

—Y si aquí cultivaran alimentos, como has dicho —continuó Bruno, disfrutando de lo lindo—, la tierra tendría mejor aspecto, ¿no crees? No me parece que se pueda cultivar nada en una tierra tan árida.

Gretel volvió a mirar y asintió con la cabeza; no era tan tonta como para empeñarse en tener razón cuando era evidente que no la tenía.

—A lo mejor resulta que no es ninguna granja —dijo.

—No lo es —confirmó Bruno.

—Y eso significa que esto no es el campo —añadió ella.

—No, creo que no lo es.

—Y eso también significa que seguramente ésta no es nuestra casa de veraneo —concluyó Gretel.

—Me parece que no.

Bruno se sentó en la cama y por un instante sintió ganas de que Gretel se sentara a su lado, lo abrazara y le asegurara que todo saldría bien y que al final aquello acabaría gustándoles tanto que ya no querrían regresar a Berlín. Pero ella seguía mirando por la ventana, y esta vez no contemplaba las flores ni el adoquinado ni el banco con la placa ni la alta alambrada ni los postes de madera ni el alambre de espino ni la tierra reseca que había detrás ni las cabañas ni los pequeños edificios ni las columnas de humo: estaba mirando a la gente.

—¿Quiénes son todas esas personas? —preguntó con un hilo de voz, como si pensara en voz alta—. ¿Y qué hacen allí?

Bruno se levantó y por primera vez ambos miraron juntos por la ventana, pegados el uno al otro, contemplando lo que pasaba más allá de aquella alambrada levantada a menos de quince metros de su nuevo hogar.

Allá donde mirasen veían individuos que iban de un lado a otro; los había altos, bajos, viejos y jóvenes. Unos estaban de pie, inmóviles, formando grupos, con los brazos pegados a los costados, intentando mantener la cabeza erguida, mientras un soldado pasaba ante ellos gesticulando con la boca muy deprisa, como si les gritara algo. Algunos formaban una especie de cadena de presos y empujaban carretillas a través del campo; salían de un sitio que quedaba fuera del alcance de la vista y llevaban sus carretillas detrás de una cabaña, donde desaparecían nuevamente. Unos cuantos estaban cerca de las cabañas formando grupos, con la vista clavada en el suelo como si jugaran a pasar inadvertidos. Otros caminaban con muletas y muchos llevaban vendajes en la cabeza. Algunos cargaban palas y eran conducidos por soldados hacia un sitio que quedaba oculto.

Bruno y Gretel vieron a cientos de personas, pero había tantas cabañas y el campo se extendía hasta tan lejos, más allá de donde alcanzaba la vista, que daba la impresión de que debía de haber miles.

—Y qué cerca de nosotros viven —comentó Gretel frunciendo el ceño—. En Berlín, en nuestra tranquila y bonita calle, sólo había seis casas. Y mira cuántas hay aquí. ¿Cómo se le ocurriría a Padre aceptar un empleo en un sitio tan horrible y con tantos vecinos? No tiene sentido.

—Mira allí —dijo Bruno.

Gretel siguió la dirección que señalaba el dedo de su hermano y vio salir de una lejana cabaña a un grupo de niños y a unos soldados que les gritaban. Cuanto más les gritaban, más se amontonaban los niños, pero entonces un soldado se abalanzó sobre ellos y los niños se separaron e hicieron lo que al parecer les ordenaban, que era ponerse en fila india. Cuando lo hicieron, los soldados se echaron a reír y aplaudieron.

—Deben de estar ensayando algo —sugirió Gretel, sin tener en cuenta que al parecer algunos niños, incluso mayores, incluso los que tenían la misma edad que ella, estaban llorando.

—Ya te decía yo que aquí había niños —dijo Bruno.

—Pero no son la clase de niños con los que yo quiero jugar. Mira qué sucios están. Hilda, Isobel y

Louise se bañan todas las mañanas, como yo. Estos niños parece que no se hayan bañado en la vida.

—Sí, está todo muy sucio. A lo mejor es que no tienen cuartos de baño.

—No seas estúpido —le espetó Gretel, pese a que le habían dicho muchas veces que no debía llamar estúpido a su hermano—. ¿Cómo no van a tener cuartos de baño?

—No lo sé —dijo Bruno—. A lo mejor es que no hay agua caliente.

Gretel siguió mirando unos momentos más; luego se estremeció y se dio la vuelta.

—Me voy a mi habitación a ordenar mis muñecas —anunció—. La vista es más bonita desde allí.

Y echó a andar, cruzó el pasillo, entró en su dormitorio y cerró la puerta, aunque no se puso a ordenar las muñecas enseguida. Se sentó en la cama y empezaron a pasarle muchas cosas por la cabeza.

Su hermano se acercó a la ventana y, mientras contemplaba a aquellos cientos de personas que trajinaban o deambulaban a lo lejos, reparó en que todos —los niños pequeños, los niños no tan pequeños, los padres, los abuelos, los tíos, los hombres que vivían en las calles y que no parecían tener familia— llevaban la misma ropa: un pijama gris de rayas y una gorra gris de rayas.

—Qué curioso —murmuró, y se apartó de la ventana.

# 5

## Prohibido Entrar Bajo Ningún Concepto y Sin Excepciones

Sólo se podía hacer una cosa, y era hablar con Padre.

Padre no había viajado desde Berlín en el mismo coche que ellos aquella mañana. Se había marchado unos días antes, la noche del día que Bruno llegó a casa y encontró a Maria revolviendo sus cosas, incluso las pertenencias que él había escondido en el fondo del mueble, que eran suyas y de nadie más. En los días siguientes, Madre, Gretel, Maria, el cocinero, Lars y Bruno se habían dedicado a meter sus cosas en cajas y cargarlas en un gran camión que las trasladaría a su nueva casa de Auchviz.

Esa última mañana, cuando la residencia había quedado vacía y ya no parecía su hogar, metieron sus últimos objetos personales en las maletas y un coche oficial con banderitas rojas y negras en el capó se detuvo ante su puerta para llevárselos de allí.

Madre, Maria y Bruno fueron los últimos en salir de la casa, aunque Bruno tuvo la impresión de que

Madre no se percataba de que la criada seguía allí, porque cuando echaron un último vistazo al vacío recibidor donde habían pasado tantos momentos felices —era el sitio donde ponían el árbol de Navidad en diciembre, el sitio del paragüero en que dejaban los paraguas mojados, el sitio donde Bruno debía dejar sus zapatos manchados de barro cuando entraba, aunque nunca lo hacía—, Madre sacudió la cabeza y comentó una cosa muy extraña.

—No debimos permitir que el Furias viniera a cenar —dijo—. Hay que ver de lo que son capaces algunos con tal de progresar.

Entonces se dio la vuelta y Bruno vio que tenía lágrimas en los ojos, pero ella se sobresaltó al ver a Maria allí plantada, contemplándola.

—Maria —dijo, y frunció el ceño—. Creía que estabas en el coche.

—Ya me iba, señora.

—No he querido decir... —añadió Madre; sacudió la cabeza y comenzó de nuevo—: No pretendía insinuar...

—Ya me iba, señora —repitió Maria, que no debía de conocer la norma que prohibía interrumpir a Madre, y salió rápidamente por la puerta y corrió hacia el coche.

Madre la miró un momento y se encogió de hombros, como si de cualquier manera nada de aquello importara ya realmente.

—Vamos, Bruno —dijo, cogiéndole la mano y cerrando la puerta con llave—. Espero que podamos volver aquí algún día, cuando haya terminado todo esto.

El coche oficial con las banderitas en el capó los llevó a una estación de ferrocarril que tenía dos vías separadas por un ancho andén. A cada lado del andén se encontraba un tren esperando a que subieran los pasajeros. Como había tantos soldados desfilando por el otro lado y la alargada caseta del guardavía interrumpía la visión, Bruno sólo pudo ver brevemente a la multitud. Entonces él y su familia subieron a un tren muy cómodo en el que viajaban muy pocos pasajeros, había muchos asientos vacíos y entraba bastante aire fresco cuando bajaban las ventanillas. Si los trenes hubieran estado orientados en sentidos opuestos, pensó, no habría parecido tan raro, pero no era así; ambos apuntaban hacia el este. Tuvo ganas de gritar a aquella gente que en su vagón quedaban muchos asientos vacíos, pero se abstuvo porque intuyó que, aunque aquello no hiciera enfadar a Madre, seguramente pondría furiosa a Gretel, lo cual habría sido peor.

Bruno no había visto a su padre desde la llegada a la nueva casa de Auchviz. Poco antes había creído que quizá estaba en su dormitorio, cuando la puerta se había entreabierto, pero resultó ser aquel joven soldado antipático que había mirado a Bruno con unos ojos que no reflejaban ni pizca de ternura. No había oído la retumbante voz de Padre ni una sola vez, ni el sonido de sus pesadas botas en el entarimado de la planta baja. En cambio sí había gente que entraba y salía, y mientras trataba de decidir qué era lo mejor que podía hacer, Bruno oyó un gran alboroto proveniente de abajo; salió al pasillo y se asomó a la barandilla.

Vio la puerta del despacho de Padre abierta, y a cinco hombres delante, riendo y estrechándose las manos. Padre estaba en el centro del grupo; iba muy elegante con su uniforme recién planchado. Se notaba que se había peinado y puesto fijador en su pelo grueso y oscuro. Mientras lo observaba desde arriba, Bruno sintió miedo y admiración a la vez. El aspecto de los otros hombres le gustó menos. Para empezar, no eran tan atractivos como Padre. Ni llevaban uniformes recién planchados. Ni sus voces eran tan retumbantes. Ni llevaban botas lustradas. Todos sostenían la gorra bajo el brazo y parecían rivalizar por la atención de Padre. Bruno sólo entendió algunas de las frases que decían.

—... empezó a cometer errores el mismo día que llegó aquí. Al final el Furias no tuvo más remedio que... —dijo uno.

—¡... disciplina! —dijo otro—. Y competencia. Nos ha faltado competencia desde principios del cuarenta y dos, y sin eso...

—... está claro, los números no mienten. Está claro, comandante... —dijo el tercero.

—... y si construimos otro —dijo el último—, imagínese lo que podríamos hacer entonces... ¡Imagínese...!

Padre alzó una mano e inmediatamente los demás guardaron silencio. Era como si él fuera el director de un conjunto de voces masculinas.

—Caballeros —dijo, y esa vez Bruno entendió todas y cada una de las palabras que oyó, porque no había sobre la tierra ningún hombre capaz de hacerse oír mejor que Padre desde un extremo al otro de una habitación—. Agradezco mucho sus sugerencias y sus palabras de ánimo. Y el pasado, pasado está. Empezaremos de nuevo, pero lo haremos mañana. Porque ahora será mejor que ayude a mi familia a instalarse, o tendré más problemas aquí dentro de los que tienen ellos ahí fuera, ya me comprenden.

Los otros rieron y le estrecharon la mano. Antes de marcharse, formaron una hilera, como si fueran soldaditos de juguete, y saludaron estirando un brazo al frente, como Padre había enseñado a saludar a Bruno, con la palma de la mano hacia abajo, levantando el brazo con un firme movimiento mientras gritaban las dos palabras que a Bruno le habían enseñado que debía decir siempre que alguien se las dijera a él. Entonces se marcharon y Padre volvió a su despacho, donde estaba Prohibido Entrar Bajo Ningún Concepto y Sin Excepciones.

Bruno bajó despacio la escalera y vaciló un instante frente a la puerta. Estaba triste porque Padre no había subido a verlo durante la hora, más o menos, que él llevaba en la casa nueva, aunque ya le habían explicado que Padre estaba muy ocupado y no había que molestarlo por tonterías como un saludo. Pero los soldados ya se habían marchado y pensó que no pasaría nada si llamaba a la puerta.

En Berlín, Bruno había estado en el despacho de Padre en contadas ocasiones, generalmente porque se había portado mal y había que leerle la cartilla. Sin embargo, la norma que se aplicaba al despacho de Padre en Berlín era una de las más importantes que Bruno había aprendido, y no era tan tonto como para pensar que no fuera a aplicarse también allí, en Auchviz.

Con todo, como llevaban varios días sin verse, pensó que no le importaría que por una vez llamara a la puerta.

Quizá Padre no lo oyó, quizá Bruno no llamó lo bastante fuerte, pero nadie abrió la puerta. Así que llamó de nuevo, esta vez un poco más fuerte; entonces oyó una retumbante voz al otro lado de la puerta: «¡Pase!»

Bruno entró y adoptó la postura acostumbrada de ojos muy abiertos, labios formando una O y brazos extendidos hacia los lados. El resto de la casa quizá fuera un poco oscuro y triste y sin muchas posibilidades para la exploración, pero aquella habitación era otra cosa. Para empezar, el techo era muy alto y en el suelo había una alfombra en la que Bruno pensó que se hundiría si la pisaba. Las paredes apenas se veían, recubiertas de estantes de caoba oscura llenos de libros, como los que había en la biblioteca de la casa de Berlín. En la pared del fondo había unas enormes ventanas saledizas que se proyectaban sobre el jardín y permitían colocar un cómodo asiento delante; y en el centro de todo aquello, sentado detrás de un enorme escritorio de roble, estaba Padre, que levantó la vista de sus papeles y esbozó una ancha sonrisa.

—¡Bruno! —exclamó. Acto seguido rodeó el escritorio y le estrechó la mano con firmeza, porque Padre no era de la clase de personas que dan abrazos, a diferencia de Madre y la Abuela, que los daban casi con demasiada frecuencia, acompañándolos de húmedos besos—. Hijo mío —añadió.

—Hola, Padre —dijo él en voz baja, un poco intimidado por el esplendor de la habitación.

—Bruno, pensaba subir a verte ahora mismo, te lo aseguro. Sólo tenía que acabar una reunión y escribir una carta. Veo que habéis llegado bien, ¿no?

—Sí, Padre.

—¿Has ayudado a tu madre y tu hermana a cerrar la casa?

—Sí, Padre.

—Estoy orgulloso de ti. —Asintió en señal de aprobación—. Siéntate, hijo.

Señaló el amplio sillón que había enfrente de su escritorio y Bruno se sentó en él —sus pies no llegaban al suelo—, mientras Padre volvía a su asiento detrás del escritorio y lo miraba fijamente. Hubo un momento de silencio, hasta que Padre dijo:

—¿Y bien? ¿Qué opinas?

—¿Que qué opino? ¿Qué opino de qué?

—De tu nuevo hogar. ¿Te gusta?

—No —contestó Bruno sin vacilar, porque siempre procuraba ser sincero. Además, si vacilaba aunque sólo fuera un instante no tendría valor para decir lo que de verdad pensaba—. Creo que deberíamos volver a casa —añadió con coraje.

La sonrisa de su padre se apagó un poco; echó un rápido vistazo a su carta y luego volvió a levantar la cabeza, como si meditara bien su respuesta.

—Es que ya estamos en casa, Bruno —dijo al fin con voz dulce—. Auchviz es nuestro nuevo hogar.

—Pero ¿cuándo volveremos a Berlín? —preguntó el niño, desanimado tras oír aquello—. Berlín es mucho más bonito.

—Vamos, vamos —dijo Padre, que no estaba para tonterías—. No me vengas con bobadas. Un hogar no es un edificio, ni una calle ni una ciudad; no tiene nada que ver con cosas tan materiales como los ladrillos y el cemento. Un hogar es donde está tu familia, ¿entiendes?

—Sí, pero...

—Y tu familia está aquí, Bruno. En Auchviz. *Ergo*, éste es nuestro hogar.

Bruno no sabía qué quería decir *ergo*, pero no necesitaba saberlo porque se le ocurrió una respuesta muy hábil.

—Pero los abuelos se han quedado en Berlín —adujo—. Y ellos también son nuestra familia. O sea que éste no puede ser nuestro hogar.

Padre reflexionó y asintió con la cabeza. Hizo una larga pausa antes de responder:

—Sí, Bruno, ellos también son nuestra familia. Pero tú, Gretel, Madre y yo somos las personas más importantes de la familia, y ahora vivimos aquí. En Auchviz. ¡Vamos, no estés tan triste! —Porque era evidente que Bruno estaba muy triste—. Ni siquiera le has dado una oportunidad. Estoy seguro de que esto acabará gustándote.

—No me gusta.

—Bruno... —repuso Padre con voz cansada.

—Karl no vive aquí, ni Daniel ni Martin, y no hay otras casas cerca ni puestos de fruta y verdura ni calles ni cafeterías con mesas fuera ni nadie que te empuje al caminar los sábados por la tarde.

—Bruno, en esta vida a veces hay que hacer cosas que no nos gustan —explicó Padre, y el niño se dio cuenta de que se estaba cansando de aquella conversación—. Y me temo que ésta es una de ellas. Esto es mi trabajo, un trabajo importante. Importante para nuestro país. Importante para el Furias. Algún día lo entenderás.

—Quiero irme a casa —se obstinó Bruno, las lágrimas a punto de aflorarle. Sólo quería que Padre entendiera que Auchviz era un sitio espantoso y que ya era hora de marcharse de allí.

—Tienes que aceptar que ahora éste es tu nuevo hogar —insistió su padre—. Éste será tu hogar en el futuro inmediato.

Bruno cerró los ojos un momento. Pocas veces en la vida se había empeñado tanto en salirse con la suya, y desde luego nunca había ido a hablar con Padre tan decidido a hacerle cambiar de opinión respecto a algo, pero la idea de vivir en un sitio tan horrible donde no había nadie con quien jugar era insoportable. Cuando abrió de nuevo los ojos, Padre se levantó, rodeó el escritorio y se sentó en un sillón a su lado. Bruno vio cómo destapaba una pitillera de plata, sacaba un cigarrillo y le daba unos golpecitos en el escritorio antes de encenderlo.

—Cuando yo era niño —dijo entonces— había ciertas cosas que no me gustaba hacer, pero si mi padre decía que lo mejor para todos era que las hiciera, yo me esmeraba y las hacía.

—¿Qué clase de cosas? —preguntó Bruno.

—Pues... no sé. —Se encogió de hombros—. Cosas normales de la vida diaria. Sólo era un niño y no sabía qué era lo mejor para mí. A veces, por ejemplo, no quería quedarme en casa a terminar los deberes, quería salir a la calle para jugar con mis amigos, igual que tú. Ahora miro hacia atrás y veo que era una tontería.

—Entonces sabes cómo me siento —dijo Bruno, esperanzado.

—Sí, pero también entendía que mi padre, tu abuelo, sabía qué era lo que más me convenía, y que yo siempre estaba más contento cuando lo aceptaba. ¿Crees que habría tenido tanto éxito en la vida si no hubiera aprendido cuándo he de discutir y cuándo obedecer las órdenes sin rechistar? Dime, Bruno, ¿qué crees?

El niño miró en derredor. Su mirada se posó en la ventana situada en una esquina de la habitación y pudo divisar el espantoso panorama que había fuera.

—¿Has hecho algo malo? —preguntó al cabo—. ¿Has hecho enfadar al Furias?

—¿Yo? —dijo Padre mirándolo con asombro—. ¿Qué quieres decir?

—¿Has hecho algo mal en tu trabajo? Ya sé que todos dicen que eres un hombre importante y que el Furias tiene grandes proyectos para ti, pero no te habría enviado a un sitio como éste si no hubiese tenido que castigarte por algo.

Padre rió, lo cual molestó aún más a Bruno; no había nada que lo enfureciera más que un adulto se riera de él por no saber algo, sobre todo cuando él estaba esforzándose por averiguarlo.

—Veo que no entiendes la importancia de un trabajo como el mío —dijo Padre.

—Bueno, pero si todos tenemos que irnos de una bonita casa, dejar a nuestros amigos y venir a un sitio tan horrible como éste, no puedes haber hecho muy bien tu trabajo. Si has hecho algo mal, deberías ir y pedir disculpas al Furias, pues a lo mejor así se arreglaría todo. A lo mejor, si fueras muy sincero con él, te perdonaría.

Pronunció aquellas palabras sin pensar antes si eran sensatas o no, y al oírlas le pareció que no decían exactamente lo que quería decir a Padre, pero allí estaban, ya las había dicho y no había forma de borrarlas.

Tragó saliva con nerviosismo y, tras un breve silencio, miró de nuevo a su padre, que lo observaba fijamente, imperturbable. Bruno se pasó la lengua por los labios y desvió la vista. No le pareció buena idea sostenerle la mirada.

Tras unos minutos de incómodo silencio, Padre se levantó despacio del sillón y volvió a su asiento del escritorio, dejando el cigarrillo en un cenicero.

—No sé si pensar que eres muy valiente —dijo con voz queda al cabo de un momento— o muy irrespetuoso. Quizá seas muy valiente, lo cual no es malo.

—No he querido decir...

—Ahora calla y escucha —lo interrumpió Padre elevando la voz, porque a él no se le aplicaba ninguna de las reglas que regían la vida familiar—. He sido muy atento con tus sentimientos, Bruno, porque sé que este cambio es difícil para ti. Y he escuchado tus opiniones, pese a que tu juventud e inexperiencia hacen que expreses las cosas de un modo insolente. Y has visto que no me he enfadado por nada de eso. Pero ha llegado el momento de que sencillamente aceptes que...

—¡No quiero aceptarlo! —gritó Bruno, y parpadeó asombrado, porque no sabía que iba a ponerse a gritar (es más, se había llevado un auténtico susto). Se puso en tensión y se preparó para salir corriendo si fuera necesario. Pero aquel día, por lo visto, no había nada que hiciera enfadar a Padre (si Bruno era sincero, tenía que reconocer que Padre casi nunca se enfadaba: se quedaba callado y distante, pues en cualquier caso siempre acababa saliéndose con la suya, y en lugar de gritarle o perseguirlo por la casa, se limitaba a mover la cabeza dando por terminada la discusión).

—Vete a tu habitación —dijo Padre en voz baja, y Bruno comprendió que lo decía en serio, así que se levantó, con los ojos anegados en lágrimas, y se dirigió hacia la puerta, pero antes de abrirla se dio la vuelta para hacer una última pregunta.

—Padre... —empezó.

—Bruno, no pienso seguir con... —repuso él con fastidio.

—No; es otra cosa —se apresuró a aclarar Bruno—. Quiero hacerte una última pregunta.

Padre suspiró e hizo un gesto animándolo a formular la pregunta, al mismo tiempo que le advertía que se trataba de la última y que luego el tema quedaría zanjado.

Bruno se concentró, pues quería formularla bien para que no pareciera maleducada ni despectiva.

—¿Quiénes son todas esas personas que hay ahí fuera? —preguntó al fin.

Padre ladeó la cabeza, un poco desconcertado.

—Soldados, Bruno —respondió—. Y secretarias. Empleados. No es la primera vez que los ves.

—No, no me refiero a ellos, sino a las personas que veo desde mi ventana. En las cabañas, a lo lejos. Todos visten igual.

—Ah, ésos —dijo Padre, asintiendo con la cabeza y esbozando una sonrisa—. Esas personas... bueno, es que no son personas, Bruno.

El niño frunció el entrecejo.

—¿Ah, no? —dijo, sin entender.

—Al menos no son lo que nosotros entendemos por personas —explicó Padre—. Pero no debes preocuparte. No tienen nada que ver contigo. No tienes absolutamente nada en común con ellos. Instálate en tu nueva casa y pórtate bien, eso es lo único que te pido. Acepta la situación en que te encuentras y todo resultará mucho más fácil.

—Sí, Padre —asintió Bruno, insatisfecho con la respuesta.

Abrió la puerta y entonces Padre lo llamó. Se levantó y enarcó una ceja, como si su hijo hubiera olvidado algo. Bruno lo recordó en cuanto él hizo el saludo. Lo imitó a la perfección: juntó los pies y levantó un brazo antes de entrechocar los talones y articular con voz fuerte y clara —lo más parecida a la de Padre— las palabras con que siempre se despedían los soldados:

—*Heil, Hitler!* —Lo cual, suponía él, significaba algo como «Hasta luego, que tengas un buen día».

## 6

## La criada con un sueldo excesivo

Unos días más tarde, Bruno estaba tumbado en su cama contemplando el techo. La pintura blanca, agrietada y desconchada, producía un efecto muy desagradable, a diferencia de la pintura de la casa de Berlín, que nunca se saltaba y todos los veranos recibía una capa nueva cuando Madre llamaba a los pintores. Entornó los ojos para tratar de determinar qué había tras las finas y largas grietas. Imaginó que en el espacio entre la pintura y el techo vivían insectos que la empujaban y resquebrajaban, intentando crear un hueco por donde colarse para luego escapar por una ventana. Nadie, pensó Bruno, ni siquiera los insectos, elegirían quedarse en Auchviz.

—Aquí todo es horrible —dijo en voz alta, aunque estaba solo en la habitación, pero oírse decirlo le hacía sentir mejor—. Odio esta casa, odio mi habitación y hasta odio la pintura. Lo odio todo. Absolutamente todo.

Acababa de decirlo cuando Maria entró por la puerta, cargada con un montón de ropa lavada y planchada de Bruno. Vaciló un momento al verlo allí tumbado, pero inclinó la cabeza y se dirigió en silencio hacia el armario.

—Hola —dijo Bruno; aunque hablar con una criada no era lo mismo que hacerlo con amigos, no había nadie más por allí con quien mantener una conversación, y era mucho más lógico que hablar solo. No había visto a Gretel por ninguna parte y comenzaba a preocuparle la posibilidad de enloquecer de aburrimiento.

—Señorito Bruno —saludó Maria con voz queda, mientras separaba las camisetas de los pantalones y la ropa interior, para luego acomodarlo todo en diferentes cajones y estantes.

—Supongo que estás tan descontenta como yo con este nuevo plan —dijo Bruno. La criada lo miró con cara de incomprensión—. Con esto —explicó Bruno, incorporándose y mirando alrededor—. Todo esto. ¿Verdad que es espantoso? Tú también lo odias, ¿no?

Maria iba a responder pero se contuvo y, tras vacilar un instante, se puso a gesticular con la boca, como probando diversas palabras que no acababa de juzgar apropiadas. Bruno la conocía de toda la vida —Maria había empezado a trabajar para ellos cuando él tenía sólo tres años—, y en general siempre se habían llevado bien, pero hasta entonces ella nunca había dado señales de tener vida propia. Se limitaba a hacer su trabajo: sacar el polvo, lavar la ropa, ayudar con la compra y en la cocina; a veces llevaba a Bruno a la escuela y lo iba a buscar, aunque desde su noveno cumpleaños decidió que ya era bastante mayor para ir a la escuela y volver a casa solo.

—¿Qué pasa? ¿No te gusta esto? —preguntó al fin la criada.

—¿Gustarme? —replicó Bruno con una débil risita—. ¿Gustarme? —repitió con mayor énfasis—. ¡Pues claro que no me gusta! Es espantoso. No hay nada que hacer, nadie con quien hablar o jugar. No irás a decirme que estás contenta de que nos hayamos mudado aquí, ¿verdad?

—Me gustaba el jardín de la casa de Berlín —dijo Maria, sin contestar directamente—. A veces, cuando hacía una tarde templada, me sentaba fuera, al sol, y almorzaba bajo la hiedra aralia que crecía junto al estanque. Había unas flores preciosas. Y un perfume... Me gustaba ver las abejas revoloteando alrededor de las flores; si no las molestabas, no te hacían nada.

—Entonces esto no te gusta, ¿verdad? —insistió Bruno—. ¿Lo encuentras tan horrible como yo?

Maria arrugó la frente.

—Eso no tiene importancia —dijo.

—¿Qué es lo que no tiene importancia?

—Lo que yo piense.

—Claro que tiene importancia —protestó Bruno, como si Maria se lo estuviera poniendo difícil a propósito—. Tú formas parte de la familia, ¿no?

—No creo que tu padre esté de acuerdo con eso —dijo ella, esbozando una sonrisa, pues las palabras del niño la habían conmovido.

—Bueno, te han traído aquí contra tu voluntad, igual que a mí. Si quieres saber mi opinión, estamos todos en el mismo barco. Y el barco hace agua.

Bruno creyó que Maria le daría su propia opinión, pero se limitó a dejar el resto de la ropa encima de la cama y apretar los puños, como si estuviera muy enfadada por algo. Abrió la boca pero volvió a contenerse, como temerosa de todas las cosas que podría decir si se decidía a empezar.

—Dímelo, Maria, por favor —suplicó Bruno—. Porque si resulta que todos pensamos igual, a lo mejor logramos convencer a Padre de que nos lleve a casa otra vez.

La mujer desvió la mirada, guardó silencio unos instantes y sacudió la cabeza con tristeza antes de decir:

—Tu padre sabe qué nos conviene. Debes confiar en él.

—No sé si confío en él —repuso Bruno—. Yo creo que ha cometido un grave error.

—Si es así, debemos aguantarnos.

—A mí, cuando cometo errores me castigan —insistió Bruno. Le fastidiaba que las reglas que se aplicaban a los niños nunca se aplicaran a los adultos (pese a que ellos eran quienes las imponían)—. Padre es un estúpido —añadió por lo bajo.

Maria abrió los ojos como platos y retrocedió un paso, tapándose la boca con una mano, horrorizada.

Miró alrededor para comprobar que nadie los estaba escuchando y luego lo reprendió:

—No debes decir eso. Jamás debes decir una cosa así de tu padre.

—No veo por qué no —replicó él; estaba un poco avergonzado de sí mismo por haberlo dicho, pero no pensaba permanecer impasible mientras le leían la cartilla cuando en realidad a nadie parecía importarle sus opiniones.

—Porque tu padre es un hombre bueno. Un hombre muy bueno. Nos cuida a todos.

—¿Trayéndonos aquí, al medio de la nada? ¿Así es como cuida de nosotros?

—Tu padre ha hecho muchas cosas —dijo Maria—. Muchas cosas de las que deberías enorgullecerte. De no ser por tu padre, ¿dónde estaría yo ahora?

—En Berlín, supongo. Trabajando en una bonita casa. Comiendo bajo la hiedra aralia y sin molestar a las abejas.

—No te acuerdas de cuando empecé a trabajar para vosotros, ¿verdad? —replicó Maria en voz baja, sentándose un momento en el borde de la cama, algo que nunca había hecho—. ¿Cómo vas a acordarte? Entonces sólo tenías tres años. Tu padre me acogió y me ayudó cuando yo lo necesitaba. Me ofreció un empleo, un hogar. Me alimentó. No puedes imaginar lo que es pasar hambre. Tú nunca has pasado hambre, ¿verdad?

Bruno frunció el entrecejo. Quería mencionar que precisamente en ese momento se le estaba despertando el apetito, pero miró a Maria y comprendió por primera vez que nunca había considerado que ella fuera una persona con una vida y una historia propias. Al fin y al cabo, siempre la había visto únicamente como la criada de su familia. Ni siquiera estaba seguro de haberla visto alguna vez con otra ropa que no fuera el uniforme de criada. Aunque, pensándolo bien, como estaba haciendo en aquel momento, debía admitir que su vida tenía que consistir en algo más que servirlos a ellos. Debía de tener pensamientos en la cabeza, igual que él. Debía de haber cosas que añoraba, amigos a los que quería volver a ver, igual que él. Y desde que habían llegado allí debía de haberse dormido llorando todas las noches, igual que muchos niños más pequeños o menos valientes que él. Entonces se fijó en que además era muy guapa, lo cual le produjo una sensación extraña.

—Mi madre conoció a tu padre cuando él tenía la edad que tú tienes ahora —dijo Maria tras una pausa—. Trabajaba para tu abuela. Fue su modista cuando ella iba de gira por Alemania, cuando era joven. Le preparaba los vestidos para los conciertos: los lavaba, planchaba y arreglaba. Eran unos vestidos maravillosos. ¡Y qué bordados, Bruno! Cada uno era una obra de arte. Hoy en día ya no quedan modistas como las de antes. —Sacudió la cabeza y sonrió al recordar, mientras Bruno escuchaba—. Mi madre se encargaba de que estuvieran todos preparados cuando tu abuela llegaba al camerino antes de un concierto. Y cuando tu abuela se retiró, mi madre permaneció en contacto con ella; recibía una modesta pensión, pero eran tiempos difíciles y tu padre me ofreció un empleo, mi primer empleo. Unos meses después mi madre enfermó, necesitó mucha atención médica y tu padre se encargó de todo, aunque no estaba obligado a hacerlo. Pagó todo de su propio bolsillo porque mi madre había sido amiga de su madre. Y me llevó a su casa por la misma razón. Y cuando murió mi madre, también pagó todos los gastos del funeral... Así que no vuelvas a llamar estúpido a tu padre, Bruno. Al menos no en mi presencia, porque no lo permitiré.

Bruno se mordió el labio inferior. Había esperado que Maria se pusiera de su lado en la campaña para marcharse de Auchviz, pero ahora comprendió a quién era leal la criada. Y tenía que reconocer que la historia que acababa de contar le hacía sentirse muy orgulloso de su padre.

—Bueno —dijo, porque no se le ocurría nada que decir—. Supongo que se portó bien.

—Sí —afirmó Maria; se levantó y fue hacia la ventana, desde donde Bruno veía las cabañas y a la gente a lo lejos—. Se portó muy bien conmigo —continuó con voz queda, observando a la gente y los soldados ocupándose de sus asuntos—. Hay mucha bondad en su corazón, mucha bondad, por eso no entiendo...
—Dejó la frase a medias, pues de pronto se le quebró la voz y Bruno pensó que iba a echarse a llorar.

—¿Qué no entiendes? —preguntó el niño.

—No entiendo qué... no entiendo cómo puede...

—¿Cómo puede qué?

Un portazo en el piso de abajo resonó por toda la casa como un disparo; fue tan fuerte que Bruno dio un respingo y Maria soltó un gritito. Se oyeron los pasos de alguien que subía la escalera con prisa. Bruno se acurrucó en la cama y se pegó a la pared, temiendo lo que iba a pasar. Contuvo la respiración, asustado, pero sólo era Gretel, la tonta de remate. La niña asomó la cabeza por la puerta y pareció sorprenderse de ver a su hermano en compañía de la criada.

—¿Qué está pasando aquí? —preguntó Gretel.

—Nada —dijo Bruno a la defensiva—. ¿Qué quieres? Vete.

—Vete tú —replicó ella, pese a que estaban en la habitación de él, y luego miró a Maria, entornando los ojos con recelo—. Prepárame la bañera —le ordenó.

—¿Por qué no te la preparas tú? —le espetó Bruno.

—Porque ella es la criada —replicó Gretel—. Para eso está aquí.

—No está aquí para eso —le gritó Bruno; se levantó de la cama y fue derecho hacia su hermana—. No está aquí para hacérnoslo todo, ¿sabes? Y menos aún las cosas que podemos hacer nosotros mismos.

Gretel se quedó mirándolo como si se hubiera vuelto loco, y luego miró a Maria, que sacudió la cabeza.

—Ahora mismo voy, señorita Gretel —dijo—. Acabo de ordenar la ropa de su hermano y me ocupo de usted.

—Pues no tardes —repuso la niña con brusquedad (a diferencia de Bruno, ella nunca se había parado a pensar que Maria era una persona con sentimientos igual que las demás), y se marchó a su habitación.

Maria no la siguió con la mirada, pero en sus mejillas habían aparecido unas manchas rosadas. Una vez se hubo serenado, Bruno dijo:

—Sigo pensando que Padre ha cometido un grave error. —Le habría gustado disculparse por el comportamiento de su hermana, pero no sabía si era lo correcto. Aquellas situaciones siempre lo hacían sentir muy incómodo, porque en el fondo sabía que no había que ser maleducado con nadie, ni siquiera con los empleados. Al fin y al cabo, existía una cosa que se llamaba educación.

—Aunque lo pienses, no lo digas en voz alta —se apresuró a decir Maria, acercándose a él y mirándolo como para hacerle entrar en razón—. Prométemelo.

—Pero ¿por qué? —repuso Bruno frunciendo el entrecejo—. Sólo digo lo que siento. Eso no está prohibido, ¿no?

—Sí. Sí, está prohibido.

—¿No puedo decir lo que siento? —dijo el niño, incrédulo.

—No —insistió la criada, con la voz un poco crispada—. No digas nada, Bruno. No te imaginas los problemas que podrías causarnos a todos.

Bruno se quedó mirándola. Había algo en sus ojos, una especie de ansiedad angustiosa que el niño nunca le había visto. Eso lo inquietó.

—Bueno —masculló, y miró la puerta. De pronto sentía la necesidad de alejarse de la criada—. Sólo decía que esto no me gusta, nada más. Sólo te daba un poco de conversación mientras tú guardabas la ropa. No es que esté planeando escaparme ni nada parecido. Aunque si lo hiciera no creo que nadie me criticara por ello.

—¿Y matar a tus padres del disgusto? —replicó Maria—. Bruno, si tienes algo de sentido común, te quedarás callado y te concentrarás en tus deberes y en lo que te diga tu padre. Tenemos que cuidarnos hasta que esto haya terminado. ¿Qué más podemos hacer? No está en nuestras manos cambiar las cosas.

De pronto, y sin motivo aparente, Bruno sintió un súbito impulso de llorar. Eso lo sorprendió incluso a él, y parpadeó varias veces seguidas para que Maria no se diera cuenta de cómo se sentía. Aunque, cuando volvió a mirar a la criada, pensó que quizá sí había algo extraño en la atmósfera aquel día, porque ella también tenía los ojos llorosos. Todo aquello lo incomodó mucho, así que se dirigió hacia la puerta.

—¿Adónde vas? —preguntó Maria.

—Afuera —refunfuñó Bruno—. Por si te interesa saberlo.

Salió despacio de la habitación, pero en el pasillo aceleró el paso y bajó la escalera a toda prisa, porque de pronto tenía la impresión de que si no salía de la casa inmediatamente se desmayaría. Unos segundos más tarde estaba fuera y echó a correr de una punta a otra del camino de la casa, porque necesitaba moverse, hacer algo que lo cansara. A lo lejos vio la verja que conducía a la carretera que conducía a la estación del ferrocarril que conducía a su antigua casa, pero la idea de volver a Berlín, la idea de escaparse y quedarse solo, era aún más desagradable que la idea de quedarse en Auchviz.

# 7

## El día que madre se atribuyó el mérito de algo que no había hecho

Varias semanas después de que Bruno llegara a Auchviz con su familia y sin ninguna perspectiva en el horizonte de recibir una visita de Karl o Daniel o Martin, el niño decidió que lo mejor que podía hacer era empezar a buscar alguna forma de distraerse, o se volvería loco.

Sólo había conocido a una persona a la que consideraba loca, herr Roller, un hombre de la misma edad que Padre y que vivía al doblar la esquina de su antigua calle de Berlín. Solían verlo pasear arriba y abajo por la calle, a cualquier hora del día o la noche, discutiendo acaloradamente consigo mismo. A veces, la trifulca se descontrolaba y herr Roller intentaba dar puñetazos a su propia sombra en la pared. De vez en cuando peleaba con tanta rabia que golpeaba con los puños el muro de ladrillo y se hacía sangre, y entonces caía de rodillas, se echaba a llorar desconsoladamente y se daba palmadas en la cabeza. En algunas ocasiones le había oído pronunciar aquellas palabras que a él no le dejaban pronunciar, y cuando eso ocurría no podía parar de reír.

—No te burles del pobre herr Roller —le había dicho Madre una tarde, después de que el niño le relatara su última aventura—. No tienes ni idea de lo mal que lo ha pasado en la vida.

—Está loco —dijo Bruno, llevándose un dedo a la sien y describiendo círculos mientras silbaba para indicar lo chiflado que estaba—. El otro día se acercó a un gato que había en la calle y lo invitó a tomar el té.

—¿Y qué dijo el gato? —preguntó Gretel, que se estaba preparando un bocadillo en la encimera de la cocina.

—Nada —contestó Bruno—. Era un gato.

—Lo digo en serio —insistió Madre—. Franz era un joven encantador; yo lo conocí cuando era niña. Era amable y considerado y bailaba como Fred Astaire. Pero lo hirieron de gravedad en la Gran Guerra, en la cabeza, y por eso ahora se comporta de ese modo. No tiene ninguna gracia. No tenéis ni idea de lo que tuvieron que soportar aquellos jóvenes. No podéis imaginar cuánto sufrieron.

Entonces Bruno sólo tenía seis años y no estaba muy seguro de a qué se refería Madre.

—Eso pasó hace mucho tiempo —explicó ella cuando su hijo se lo preguntó—. Antes de que tú nacieras. Franz fue uno de los jóvenes que lucharon por nosotros en las trincheras. Tu padre lo conocía muy bien; creo que sirvieron juntos.

—¿Y a Padre qué le pasó?

—No importa. La guerra no es un tema de conversación agradable. Me temo que dentro de poco pasaremos mucho tiempo hablando de ella.

Aquel diálogo había tenido lugar unos tres años antes de que la familia se mudara a Auchviz, y durante ese tiempo Bruno no había pensado mucho en herr Roller. Sin embargo, ahora tuvo la certeza de que si no hacía algo sensato, algo en lo que pudiera emplear su mente, él también acabaría paseando por las calles, peleándose consigo mismo e invitando a los gatos callejeros a reuniones sociales.

Para mantenerse ocupado, Bruno dedicó toda la mañana y toda la tarde de un sábado a preparar un nuevo pasatiempo. A cierta distancia de la casa —en una zona que se veía desde la habitación de Gretel, pero no desde la suya— había un roble de tronco muy grueso. Era un árbol alto, con grandes y gruesas ramas capaces de soportar el peso de un niño. El árbol parecía tan viejo que Bruno estimó que lo habían plantado a finales de la Edad Media, una época que había estudiado recientemente y que encontraba fascinante, sobre todo por los caballeros que vivían grandes aventuras en tierras lejanas y hacían interesantes descubrimientos.

Sólo había dos cosas que Bruno necesitaba para su nuevo pasatiempo: unos trozos de cuerda y un neumático. Encontrar la cuerda fue fácil, pues en el sótano de la casa se almacenaban varios rollos y no le llevó mucho tiempo hacer algo tan peligroso como buscar un cuchillo afilado y cortar todos los trozos que consideró necesarios. Los llevó al roble y los dejó en el suelo para utilizarlos más adelante. El neumático ya era otra cosa.

Aquella mañana en particular, ni Madre ni Padre estaban en casa. Ella se había marchado temprano en tren, a una ciudad cercana donde pasaría el día para cambiar de aires, mientras que a él lo habían visto dirigirse hacia las cabañas que se veían desde la ventana de Bruno. Como de costumbre, había muchos camiones y jeeps militares aparcados cerca de la casa, y aunque Bruno sabía que era imposible robarles un neumático, siempre cabía la posibilidad de encontrar uno suelto en alguna parte.

Cuando salió de la casa vio a Gretel hablando con el teniente Kotler y, sin mucho entusiasmo, decidió que él era la persona idónea. Kotler era el joven oficial al cual Bruno había visto el día de su llegada a Auchviz, el que había aparecido en el piso de arriba de su casa y que lo había mirado un momento antes de saludarlo con la cabeza y seguir su camino. Bruno lo había visto varias veces desde entonces —entraba y salía de la casa como si fuera de la familia, y además no tenía prohibido entrar en el despacho de Padre—, pero no habían hablado mucho. Bruno no habría sabido explicar por qué, pero el teniente Kotler no le caía bien. Alrededor de aquel teniente había una atmósfera fría que hacía que Bruno quisiera ponerse un jersey. Sin embargo, no había nadie más a quien pedírselo, así que se armó de valor y se acercó a saludarlo.

La mayoría de los días, el joven oficial presentaba un aspecto muy elegante, se paseaba con aire resuelto y daba la impresión de que le hubieran planchado el uniforme una vez puesto. Siempre lucía las botas negras perfectamente embetunadas, y el rubio cabello con raya a un lado y perfectamente peinado con algo que conservaba las marcas del peine, como un campo recién labrado. Además, se ponía tanta colonia que sabías cuándo iba a aparecer porque lo olías de lejos. Bruno había aprendido a no quedarse donde el viento le trajera su perfume, por temor a desmayarse.

Pero aquel día, como era sábado por la mañana y hacía tanto sol, el teniente Kotler no iba tan arreglado. Llevaba camiseta blanca y unos pantalones normales, y un rebelde mechón de cabello le tapaba la frente. Tenía los brazos asombrosamente bronceados y unos músculos que Bruno ya hubiera querido para sí. Ese día parecía tan joven que el niño se sorprendió; de hecho, le recordó a los chicos mayores de la escuela, aquellos a los que no era conveniente acercarse. Kotler estaba absorto en una conversación con Gretel y lo que decía debía de ser tremendamente gracioso, puesto que ella reía a carcajadas y se enroscaba el cabello con los dedos formando tirabuzones.

—Hola —dijo Bruno al acercarse a ellos.

Gretel lo miró con cara de fastidio.

—¿Qué quieres? —le preguntó.

—No quiero nada —le espetó Bruno mirándola con desdén—. Sólo he venido para saludar.

—Tendrá que perdonar a mi hermano pequeño, Kurt —le dijo Gretel al teniente—. Es que sólo tiene nueve años.

—Buenos días, jovencito —dijo Kotler, y entonces estiró un brazo y, para gran espanto de Bruno, le alborotó el cabello; al niño le dieron ganas de derribarlo de un empujón y saltarle sobre la cabeza—. ¿Y qué te trae por aquí tan temprano un sábado por la mañana?

—No es tan temprano —dijo Bruno—. Son casi las diez en punto.

El oficial se encogió de hombros.

—Cuando yo tenía tu edad, mi madre no podía levantarme de la cama hasta la hora de comer. Me decía que si me pasaba la vida durmiendo no crecería y me quedaría enclenque.

—Ah, pues en eso andaba muy equivocada, ¿verdad? —dijo Gretel con una sonrisa tonta.

Bruno la miró con desagrado. Su hermana hablaba con una vocecilla cursi, como si tuviera la cabeza llena de serrín. Estaba deseando alejarse de ellos y quedar al margen de su conversación, pero debía anteponer sus intereses, que lo obligaban a pedir al teniente Kotler lo inconcebible: un favor.

—¿Puedo pedirle un favor? —preguntó.

—Adelante —dijo Kotler, y Gretel rió otra vez, aunque no había nada de qué reír.

—¿Sabe si hay algún neumático de recambio por aquí? De alguno de los jeeps, quizá. O de algún camión. Uno que ya no utilicen.

—El único neumático de recambio que he visto últimamente por aquí es del sargento Hoffschneider, y lo lleva siempre alrededor de la cintura —contestó Kotler, mientras sus labios esbozaban algo parecido a una sonrisa. Aquello no tenía ningún sentido para Bruno, pero a Gretel le hizo tanta gracia que empezó a sacudirse como si bailara sin moverse del sitio.

—Pero ¿lo utiliza o no? —preguntó Bruno.

—¿El sargento Hoffschneider? Sí, me temo que sí. Le tiene mucho aprecio a su neumático de recambio.

—Basta, Kurt —dijo Gretel, secándose las lágrimas—. ¿No ve que no le entiende? Sólo tiene nueve años.

—¿Quieres hacer el favor de callarte? —replicó el niño mirando con fastidio a su hermana. Ya era bastante penoso tener que pedirle un favor al teniente, y sólo faltaba que su propia hermana se burlara de él en ese momento—. Tú sólo tienes doce años —añadió—. Deja de fingir que eres mayor de lo que eres.

—Tengo casi trece años, Kurt —dijo Gretel con brusquedad, el semblante demudado—. Los cumpliré dentro de quince días. Soy una adolescente. Como usted.

Kotler sonrió y asintió con la cabeza, pero no dijo nada. Bruno lo miró a los ojos. Si hubiera tenido delante a otro adulto, habría puesto los ojos en blanco para dar a entender que ambos sabían que las niñas eran tontas y las hermanas, tremendamente ridículas.

Pero aquél no era cualquier adulto. Aquél era el teniente Kotler.

—Bueno —dijo Bruno ignorando la mirada de rabia que Gretel le dirigía—, aparte de ése, ¿hay algún otro sitio donde pueda encontrar un neumático desechado?

—Claro que sí —dijo el teniente, que había dejado de sonreír y de pronto parecía estar aburriéndose con todo aquello—. Pero ¿para qué lo quieres?

—Quiero construir un columpio. Ya sabe, con un neumático y cuerda, colgado de las ramas de un árbol.

—Ah, ya. —Kotler asintió con la cabeza como si para él aquellas cosas sólo fueran recuerdos lejanos, pese a que, como Gretel había señalado, él tampoco era más que un adolescente—. Sí, yo también me hacía columpios cuando era pequeño. Mis amigos y yo pasamos tardes estupendas jugando con ellos.

A Bruno le sorprendió tener algo en común con él (y más aún saber que el teniente Kotler había tenido amigos).

—Así pues, ¿qué le parece? —preguntó—. ¿Hay alguno por aquí?

Kotler lo miró fijamente, como si vacilara entre darle una respuesta directa o intentar alguna chanza más. Entonces vio a Pavel —el anciano que por las tardes acudía a la cocina a pelar las hortalizas para la cena, antes de ponerse la chaqueta blanca y servir la mesa— dirigiéndose hacia la casa, y por lo visto se decidió.

—¡Eh, tú! —gritó, y añadió una palabra que Bruno no entendió—. Ven aquí... —dijo la palabra otra vez, y su áspero sonido hizo que Bruno desviara la mirada y se sintiera avergonzado de formar parte de aquella escena.

Pavel fue hacia ellos y el joven oficial le habló con insolencia, pese a que podría haber sido su nieto.

—Lleva a este jovencito al almacén que hay detrás de la casa. Amontonados junto a una pared verás unos neumáticos viejos. Que elija uno, y tú se lo llevas a donde él te diga. ¿Has entendido?

Pavel sujetó su gorra con ambas manos y asintió, agachando la cabeza más aún de lo que habitualmente la agachaba.

—Sí, señor —respondió en voz baja, casi inaudible.

—Y después, cuando vuelvas a la cocina, asegúrate de que te lavas las manos antes de tocar la comida, asqueroso... —El teniente repitió aquella palabra que ya había empleado dos veces, y al hacerlo escupió un poco.

Bruno miró a Gretel, que había estado contemplando, embelesada, los reflejos del sol en el cabello de Kotler, pero que en ese momento parecía un poco incómoda, como su hermano. Ninguno de los dos había hablado con Pavel hasta entonces, pero era muy buen camarero y, según Padre, los buenos camareros no abundaban.

—Ya puedes irte —dijo el teniente.

Pavel dio media vuelta y guió a Bruno hasta el almacén; de vez en cuando el niño miraba hacia atrás, a su hermana y al oficial, porque sentía el impulso de volver allí y llevarse a Gretel, pese a que era una pesada y una egocéntrica y la mayor parte del tiempo se mostraba cruel con él. Pero no le hacía ninguna gracia dejarla sola con un individuo como el teniente Kotler. Desde luego, no había forma de disimularlo: el teniente Kotler era sencillamente repugnante.

El accidente se produjo dos horas después de que Bruno hubiera encontrado un neumático adecuado y Pavel lo hubiera arrastrado hasta el gran roble que se veía desde la ventana de Gretel. Bruno había trepado y bajado, trepado y bajado y trepado y bajado por el tronco para atar bien un extremo de las cuerdas a las ramas y el otro al neumático. Hasta ese momento, toda la operación había sido un éxito rotundo. Él había construido un columpio similar en otra ocasión, aunque con la ayuda de Karl, Daniel y Martin. Ahora lo estaba haciendo solo, lo cual comportaba que la operación resultara mucho más arriesgada. Y sin embargo lo consiguió.

Por fin instalado en el centro del neumático, empezó a columpiarse como si no tuviera ni una sola preocupación, sin importarle que fuera uno de los columpios más incómodos en que se había sentado jamás.

Luego se tumbó boca abajo sobre el neumático y se dio impulso con los pies contra el suelo. Cada vez que el neumático se balanceaba hacia atrás, Bruno alcanzaba a tocar el tronco de un árbol con un pie, lo que le permitía impulsarse para elevarse más rápido y más alto. Aquello funcionó muy bien hasta que, de pronto, resbaló del neumático justo cuando intentaba darse un nuevo impulso y cayó de bruces al suelo, produciendo un ruido sordo.

Todo se volvió negro, pero al punto recuperó la visión y se incorporó. En ese momento el neumático oscilaba hacia atrás y le golpeó la cabeza. El niño soltó un grito y se apartó de su trayectoria. Cuando por fin logró ponerse en pie, le dolían mucho un brazo y una pierna, pues había caído sobre ellos, aunque no creía que los tuviera rotos. Se miró la mano y la vio cubierta de arañazos, y en el codo se había hecho un buen rasguño. La pierna le dolía más que el brazo, y cuando se miró la rodilla, que asomaba justo por debajo de sus pantalones cortos, vio un ancho corte que parecía estar esperando a que Bruno lo descubriera, pues en ese instante la herida empezó a sangrar profusamente.

—¡Vaya! —exclamó Bruno, y se preguntó qué debía hacer.

Pero no tuvo que preguntárselo mucho rato, ya que el roble donde había construido el columpio estaba en el mismo lado de la casa que la cocina, y Pavel, que se encontraba junto a la ventana pelando patatas, había visto el accidente. Cuando el niño levantó de nuevo la cabeza, vio a Pavel corriendo hacia él, y entonces se sintió lo bastante seguro para abandonarse a la sensación de mareo que lo embargaba. Estuvo a punto de caerse, pero esta vez no llegó a tocar el suelo, porque Pavel lo sujetó.

—No entiendo qué ha pasado —balbuceó—. No parecía peligroso.

—Te elevabas demasiado —dijo Pavel en voz baja—. Te he visto. Estaba pensando que en cualquier momento te harías daño.

—Y me lo he hecho —dijo Bruno.

—Sí, eso parece.

Pavel lo llevó en brazos por el jardín hacia la casa, entró en la cocina y lo sentó en una silla.

—¿Dónde está Madre? —preguntó Bruno, mirando alrededor en busca de la primera persona a la que siempre recurría cuando tenía un problema.

—Me temo que tu madre todavía no ha regresado —dijo Pavel, que se había arrodillado delante de Bruno para examinarle la rodilla—. Sólo estoy yo.

—Entonces ¿qué va a suceder? —Le entró un poco de miedo, una emoción que quizá le provocaría el llanto—. Podría morir desangrado.

Pavel rió un poco y negó con la cabeza.

—No vas a morir desangrado —le aseguró; acercó un taburete y puso la pierna de Bruno encima—. No te muevas. Ahí hay un botiquín.

El niño observó cómo cogía el botiquín verde de un armario y llenaba un cuenco con agua, probándola primero con el dedo para asegurarse de que no estaba demasiado fría.

—¿Tendrán que llevarme al hospital? —preguntó Bruno.

—No, no. —Pavel se arrodilló de nuevo a su lado, mojó un paño en el agua del cuenco y se lo aplicó con cuidado en la rodilla. Bruno hizo una mueca de dolor, pese a que en realidad no le dolía demasiado—. Sólo es un pequeño corte. Ni siquiera necesitarás puntos.

Bruno frunció el entrecejo y se mordió el labio con nerviosismo mientras Pavel le limpiaba la sangre de la herida y luego le aplicaba otro paño y presionaba unos minutos. Cuando retiró el paño con cuidado, la herida había dejado de sangrar; entonces agarró una botellita con un líquido verde del botiquín y le dio unos toques en la herida, que a Bruno le escocieron bastante y le hicieron decir varios «ay».

—No duele tanto —dijo Pavel con voz suave y amable—. Si piensas que duele más de lo que en realidad duele, es peor.

Bruno se dijo que aquello tenía sentido, y se controló para no soltar otro «ay». Cuando Pavel hubo terminado de aplicarle el líquido verde, buscó un apósito en el botiquín y le cubrió la herida.

—Listo —dijo—. Así está mejor, ¿no?

Bruno asintió con la cabeza, avergonzándose un poco por no haber demostrado todo el valor que le habría gustado.

—Gracias —dijo.

—De nada —repuso Pavel—. Ahora tienes que quedarte aquí sentado unos minutos. Dentro de un rato podrás volver a andar, ¿de acuerdo? Deja que la herida descanse. Y será mejor que hoy no vuelvas a subirte al columpio.

Bruno asintió y mantuvo la pierna estirada encima del taburete mientras Pavel iba al fregadero y se lavaba concienzudamente las manos, frotándose incluso debajo de las uñas con un cepillo, antes de secárselas y volver a las patatas.

—¿Le contarás a Madre lo que ha pasado? —preguntó Bruno, que llevaba unos minutos cuestionándose si lo considerarían un héroe por haber sufrido un accidente o un granuja por haber construido un artilugio peligroso.

—Creo que lo verá ella misma —contestó Pavel; llevó las zanahorias a la mesa, se sentó frente a Bruno y se puso a pelarlas encima de un periódico viejo.

—Sí, supongo que sí. A lo mejor quiere llevarme al médico.

—No lo creo —dijo Pavel en voz baja.

—Eso nunca se sabe —repuso Bruno, que no quería que le quitaran importancia a su accidente. Al fin y al cabo, era lo más emocionante que le había pasado desde su llegada—. Podría ser peor de lo que parece.

—No lo es —repuso Pavel, que prestaba toda su atención a las zanahorias.

—¿Y usted cómo lo sabe? —se apresuró a preguntar Bruno, un poco molesto pese a que aquel hombre lo había levantado del suelo, llevado a la casa y curado la herida—. Usted no es médico.

Pavel dejó de pelar zanahorias un momento y lo miró sin levantar la cabeza, como si estuviera pensando qué replicar. Entonces suspiró y dijo:

—Sí, lo soy.

Bruno se quedó mirándolo, sorprendido. Aquello no tenía ninguna lógica.

—Pero si usted es camarero —dijo despacio—. Y pela las hortalizas para la cena. ¿Cómo puede ser también médico?

—Mira, joven —repuso Pavel, y Bruno agradeció que tuviera la delicadeza de llamarlo «joven» en lugar de «jovencito», como había hecho el teniente Kotler—, te aseguro que soy médico. Que uno contemple el cielo por la noche no lo convierte en astrónomo, ¿sabes?

Bruno no tenía ni idea de qué quería decir con eso, pero sus palabras hicieron que lo observara atentamente por primera vez. Era un hombre menudo y delgado, con largos dedos y facciones angulosas. Era mayor que Padre pero más joven que Abuelo, lo cual significaba que era bastante anciano, y aunque Bruno nunca lo había visto antes de llegar a Auchviz, su cara tenía algo que le hizo pensar que en el pasado había llevado barba.

Pero ya no la llevaba.

—Pues no lo entiendo —dijo Bruno, tratando de llegar al fondo del asunto—. Si es médico, ¿por qué trabaja de camarero? ¿Por qué no está en un hospital?

Pavel vaciló largamente antes de contestar, y mientras lo hacía Bruno no dijo nada. No sabía por qué, pero tenía la impresión de que lo educado era esperar hasta que Pavel decidiese hablar.

—Antes de venir aquí practicaba la medicina —dijo al final.

—¿Practicaba? —repitió Bruno, que no estaba familiarizado con aquella expresión—. ¿Qué pasaba? ¿No lo hacía bien?

Pavel sonrió.

—Sí, lo hacía muy bien. Verás, siempre quise ser médico. Desde que era muy pequeño. Desde que tenía tu edad.

—Yo quiero ser explorador —dijo rápidamente Bruno.

—Te deseo suerte.

—Gracias.

—¿Ya has descubierto algo?

—En nuestra casa de Berlín se podía explorar mucho —recordó Bruno—. Pero, claro, era una casa muy grande, no se imagina cómo de grande, y había muchos sitios para explorar. Aquí es diferente.

—Aquí nada es igual —coincidió Pavel.

—¿Usted lleva mucho tiempo en Auchviz?

Pavel dejó la zanahoria y el pelador en la mesa y reflexionó.

—Creo que siempre he estado aquí —dijo con un hilo de voz.

—¿Se crió aquí?

—No. —Negó con la cabeza—. No me crié aquí.

—Pero si acaba de decir...

Antes de que Bruno terminase la frase, se oyó la voz de Madre fuera. Pavel se puso en pie de un brinco y volvió al fregadero con las zanahorias, el pelador y el periódico lleno de pieles; le dio la espalda a Bruno, agachó la cabeza y no volvió a hablar.

—¿Se puede saber qué te ha pasado? —preguntó Madre cuando llegó a la cocina y se inclinó para examinar el apósito que cubría la herida de Bruno.

—He construido un columpio y me caí de él —explicó el niño—. Y entonces el columpio me golpeó la cabeza y casi me desmayo, pero Pavel me trajo aquí, me curó y me puso un apósito. Aunque me escocía mucho, no he llorado. Ni una sola lágrima, ¿verdad que no, Pavel?

Pavel se volvió ligeramente hacia ellos, pero no levantó la cabeza.

—Le he limpiado la herida —dijo el anciano con voz queda, sin contestar a la pregunta del niño—. No hay nada que temer.

—Ve a tu habitación, Bruno —dijo Madre, que parecía muy turbada.

—Es que...

—No discutas. ¡Ve a tu habitación!

Bruno bajó de la silla y al cargar el peso sobre la que había decidido llamar su «pierna mala», le dolió un poco. A continuación salió de la cocina, pero mientras iba hacia la escalera oyó a Madre dar las gracias a Pavel, y se alegró porque parecía evidente que, de no ser por él, habría muerto desangrado.

Antes de subir al piso de arriba oyó otra cosa, y aquello fue lo último que Madre le dijo al camarero que afirmaba ser médico.

—Si el comandante pregunta algo, diremos que yo curé la herida de Bruno.

Al niño le pareció terriblemente egoísta que Madre se atribuyera el mérito de algo que no había hecho.

# 8

## Por qué la abuela se marchó furiosa

Las dos personas de Berlín a quienes más añoraba Bruno eran los abuelos. Vivían en un pisito cerca de los puestos de fruta y verdura, y en la época en que el niño se mudó a Auchviz, el Abuelo tenía casi setenta y tres años, lo cual, según él, lo convertía en el hombre más anciano del mundo. Una tarde había calculado que si vivía ocho veces los años que había vivido hasta entonces, seguiría teniendo un año menos que el Abuelo.

El Abuelo regentaba un restaurante en el centro de la ciudad, y uno de sus empleados era el padre de Martin, el amigo de Bruno, que trabajaba de cocinero. Aunque el Abuelo ya no cocinaba ni servía mesas, se pasaba el día en el restaurante; por la tarde se sentaba a la barra y charlaba con los clientes, y por la noche cenaba allí y se quedaba hasta la hora de cerrar, riendo con sus amigos.

La Abuela parecía mucho más joven que las abuelas de los otros niños. De hecho, cuando Bruno se enteró de la edad que tenía —sesenta y dos años— se llevó una sorpresa. Ella había conocido al Abuelo cuando era joven, después de uno de sus conciertos, y éste la había convencido para que se casara con él, pese a todos sus defectos. La Abuela tenía el cabello largo y pelirrojo, asombrosamente parecido al de su nuera, y los ojos verdes, y aseguraba que aquello se debía a que en su familia había sangre irlandesa. Bruno siempre sabía cuándo una reunión familiar estaba a punto de animarse: la Abuela se situaba cerca del piano hasta que alguien se sentaba en la banqueta y le pedía que cantara.

—Pero ¡qué dices! —exclamaba ella, poniéndose una mano sobre el pecho como si la idea le cortara la respiración—. ¿Me estás pidiendo que cante una canción? Imposible, imposible. Me temo, joven, que mis días de cantante han pasado a la historia.

—¡Que cante, que cante! —la animaban los invitados, y tras una pausa apropiada, que a veces duraba hasta diez o doce segundos, la Abuela cedía y se volvía hacia el joven que se había sentado al piano mientras decía con desparpajo:

—*La Vie en Rose*, en mi bemol menor. Y no pierdas el compás en los cambios.

En casa de Bruno, el momento culminante de las fiestas era cuando la Abuela cantaba, que por algún extraño motivo siempre coincidía con el momento en que Madre abandonaba el salón donde estaban los invitados y se iba a la cocina con alguna de sus amigas. Padre siempre se quedaba a escuchar, y Bruno también porque nada le gustaba más que oír a la Abuela cantar a pleno pulmón y, al final, empaparse de los aplausos de los invitados. Además, *La Vie en Rose* era una canción que le producía escalofríos y le erizaba el vello de la nuca.

A la Abuela le gustaba pensar que Bruno o Gretel seguirían sus pasos y serían artistas, y en todas las Navidades y fiestas de cumpleaños montaba una pequeña obra de teatro que los tres interpretaban para Madre, Padre y el Abuelo. Ella misma escribía aquellas obras, y en opinión de Bruno, siempre se quedaba para ella los mejores papeles, aunque a él no le importaba. Siempre había alguna canción —«¿Me estás pidiendo que cante una canción?», preguntaba ella antes— y una oportunidad para que Bruno hiciera algún truco de magia y Gretel bailara. El niño se encargaba de poner el broche final a la obra recitando un largo poema de algún Gran Poeta; le costaba mucho entender aquellas composiciones, pero, curiosamente, cuanto más las leía más bonitas sonaban las palabras.

Sin embargo, eso no era lo mejor de aquellas pequeñas funciones. Lo mejor era que la Abuela hacía disfraces para Bruno y Gretel. Fuera cual fuese el papel, y aunque el de Bruno resultara muy pequeño comparado con el de su hermana o su abuela, él siempre se disfrazaba de príncipe o de jeque árabe, y en una ocasión hasta de gladiador romano. Había coronas, y cuando no había coronas había lanzas. Y cuando no había lanzas había látigos o turbantes.

Nadie sabía con qué los sorprendería la Abuela la siguiente ocasión, pero, una semana antes de Navidad, hacía ir a Bruno y Gretel a su casa todos los días para ensayar.

Claro que la última obra de teatro que habían interpretado terminó como el rosario de la aurora y Bruno todavía la recordaba con tristeza, aunque no estaba muy seguro de qué había desencadenado la discusión.

Aproximadamente una semana antes, se había notado mucho nerviosismo en la casa, algo que tenía que ver con que, de pronto, Maria, el cocinero y Lars —el mayordomo— debían dirigirse a Padre llamándolo «comandante», igual que todos los soldados que entraban, salían y utilizaban la casa —o al menos eso le parecía a Bruno— como si vivieran allí. Durante semanas todos habían estado muy nerviosos. Primero, el Furias y la hermosa rubia habían ido a cenar, algo que había paralizado la casa por completo, y luego aquello de llamar a Padre «comandante». Madre había dicho a Bruno que felicitara a Padre y él lo había hecho, aunque sinceramente (y él siempre procuraba ser sincero consigo mismo) no entendía muy bien el motivo de esa felicitación.

El día de Navidad, Padre se puso el uniforme nuevo, el almidonado y planchado que ahora llevaba todos los días, y la familia al completo lo aplaudió cuando hizo su primera aparición vestido de esa guisa. Era verdaderamente especial, hacía que destacara entre los otros soldados que entraban y salían de la casa, y daba la impresión de que ellos lo respetaban más desde que llevaba su uniforme nuevo. Madre se acercó a él, lo besó en la mejilla y le pasó una mano por la parte delantera de la chaqueta, admirando la calidad de la tela. Los galones del uniforme fueron lo que más impresionó a Bruno, y tras comprobar que tenía las manos limpias le dejaron ponerse la gorra un rato.

El Abuelo se mostró muy orgulloso de su hijo cuando lo vio con su nuevo uniforme; la Abuela fue la única que no parecía impresionada. Después de cenar y después de que Gretel y Bruno hubieran representado su nueva obra, ella se sentó con aire taciturno en una butaca y miró a Padre, sacudiendo la cabeza como si su hijo le hubiera dado un tremendo disgusto.

—Quizá me equivoqué en eso, ¿no crees, Ralf? —le dijo—. Quizá las obras que te hacía interpretar cuando eras niño te condujeron a esto. A disfrazarte como una marioneta.

—Por favor, Madre —repuso Padre, comprensivo—. Sabes muy bien que no es el momento.

—Qué orgulloso estás de tu uniforme —continuó ella—, como si te convirtiera en algo especial. En realidad ni siquiera te importa lo que significa. Lo que representa.

—Nathalie, antes ya hemos hablado de esto —intervino el Abuelo, aunque todos sabían que cuando la Abuela tenía algo que decir, lo decía, por muy inoportuno que resultara.

—Antes has hablado tú, Matthias —precisó la Abuela—. Yo no era más que la pared vacía a la que dirigías tus palabras. Como siempre.

—Estamos en una celebración familiar, Madre —dijo Padre exhalando un suspiro—. Es Navidad. Tengamos la fiesta en paz.

—Me acuerdo de cuando empezó la Gran Guerra —comentó el Abuelo con orgullo, contemplando el fuego y moviendo la cabeza—. Recuerdo el día que llegaste a casa y nos anunciaste que te habías alistado. Yo estaba seguro de que te pasaría algo.

—Sí que le pasó algo, Matthias —insistió la Abuela—. Y si no, échale un vistazo.

—Y mírate ahora —continuó el Abuelo, haciendo caso omiso de su esposa—. Me enorgullece verte ascendido a un cargo de tanta responsabilidad. Ver cómo ayudas a tu país a recuperar su orgullo después de las grandes injusticias que se han cometido contra él. Los innumerables castigos...

—Pero ¿tú te estás oyendo? —exclamó la Abuela—. ¿Cuál de vosotros dos es el más necio?

—Nathalie —terció Madre para serenar los ánimos—, ¿no crees que Ralf está muy guapo con su nuevo uniforme?

—¿Guapo? —repitió la Abuela, inclinándose hacia delante y mirando a su nuera como si ésta hubiera perdido el juicio—. ¿Has dicho guapo? ¡Qué ingenua eres! ¿Crees que eso es lo que importa? ¿Estar guapo?

—¿Y yo? ¿Estoy guapo con mi disfraz de presentador? —preguntó Bruno, porque eso era lo que llevaba aquella noche en la fiesta, el traje rojo y negro de un presentador de circo, y estaba encantado con él. Sin embargo, lamentó inmediatamente haber hablado, porque todos los adultos los miraron, a él y a Gretel, como si hubieran olvidado por completo que se encontraban allí.

—Niños, arriba —dijo rápidamente Madre—. Subid a vuestras habitaciones.

—¿Por qué? —protestó Gretel—. ¿No podemos jugar aquí abajo?

—No, niños —insistió ella—. Subid a vuestras habitaciones y cerrad la puerta.

—En fin, eso es lo único que os interesa a los soldados —continuó la Abuela, sin prestar atención a los niños—. Estar guapos con vuestros elegantes uniformes. Disfrazaros y hacer esas espantosas cosas que hacéis. Me dais vergüenza. Pero no te culpo a ti, Ralf, sino a mí misma.

—¡Niños, subid ahora mismo! —los apremió Madre dando palmadas, y ellos no tuvieron más remedio que obedecer.

Pero en lugar de ir derechos a sus habitaciones, se sentaron en el rellano de la escalera y trataron de oír lo que decían los adultos abajo. Sin embargo, las voces de Madre y Padre llegaban muy amortiguadas, la del Abuelo no se oía, y la Abuela arrastraba mucho las palabras y apenas se la entendía. Al final, pasados unos minutos, la puerta del salón se abrió de golpe y

Gretel y Bruno subieron rápidamente unos escalones mientras la Abuela cogía su abrigo del perchero del recibidor.

—¡Vergüenza! —gritó antes de marcharse—. ¡Que mi propio hijo sea...!

—¡Un patriota! —gritó Padre, que quizá no había aprendido la norma de que uno no debe interrumpir a su madre cuando habla.

—¡Eso, un patriota! —replicó ella—. Mira qué gente viene a cenar a esta casa. Me dan ganas de vomitar. ¡Y cuando te veo con ese uniforme me dan ganas de arrancarme los ojos! —añadió antes de marcharse furiosa y cerrar con un portazo.

Bruno no había visto mucho a la Abuela desde aquel día, y ni siquiera había tenido ocasión de despedirse de ella antes de viajar a Auchviz, pero la echaba tanto de menos que decidió escribirle una carta.

Un buen día tomó papel y pluma, se sentó y le contó lo desgraciado que se sentía allí y cuánto deseaba volver a su hogar de Berlín. Le habló de la casa y el jardín y el banco con la placa y la alta alambrada con los postes de madera y los rollos de alambre de espino y el árido terreno que había detrás y las cabañas y los pequeños edificios y las columnas de humo y los soldados, pero sobre todo le habló de la gente que vivía allí y de sus pijamas de rayas y sus gorras de rayas, y por último le dijo cuánto la echaba de menos y firmó así: «Tu nieto que te quiere, Bruno.»

# 9

## Bruno recuerda que le gustaba jugar a los exploradores

Durante un tiempo nada cambió en Auchviz.

Bruno tenía que aguantar a Gretel, que se ponía muy antipática con él cuando estaba de mal humor, es decir casi siempre, porque su hermana era tonta de remate.

Y seguía anhelando volver a su casa de Berlín, aunque los recuerdos de la vida allí empezaban a difuminarse. Llevaba varias semanas sin proponerse siquiera enviar otra carta al Abuelo o la Abuela, y, por lo tanto, sin sentarse a escribirla.

Los soldados continuaban entrando y saliendo todos los días de la semana, celebrando reuniones en el despacho de Padre, donde seguía estando Prohibido Entrar Bajo Ningún Concepto y Sin Excepciones. El teniente Kotler seguía paseándose ufano con sus botas negras como si no hubiera en el mundo nadie más importante que él, y cuando no se encontraba con Padre estaba en el camino de la casa hablando con Gretel mientras ella reía nerviosamente y se enroscaba el cabello con los dedos, o susurrando en alguna habitación con Madre.

Las criadas seguían lavando, barriendo, cocinando, limpiando, sirviendo, recogiendo, y nunca hablaban con nadie a menos que alguien se dirigiera a ellas. Maria seguía dedicando la mayor parte del tiempo a ordenar la ropa de Bruno y asegurarse de que estuviera bien doblada en su armario. Y Pavel seguía acudiendo a la casa todas las tardes para pelar patatas y zanahorias y ponerse luego su chaqueta blanca y servir la cena. (De vez en cuando Bruno lo veía lanzar una mirada a su rodilla, donde se apreciaba una diminuta cicatriz, secuela de su accidente con el columpio; pero, aparte de eso, nunca se dirigían la palabra.)

Y entonces cambiaron las cosas. Padre decidió que era hora de que los niños reanudaran sus estudios, y aunque a Bruno le parecía ridículo que montaran una escuela sólo para dos alumnos, Madre y Padre coincidieron en que necesitaban un profesor particular que acudiera a la casa todos los días para llenarlos de clases las mañanas y las tardes. Unos días después, un individuo llamado herr Liszt llegó traqueteando por el camino en su carraca y dieron comienzo las lecciones. Herr Liszt era un misterio para Bruno. Pese a que en general se mostraba simpático y nunca le levantaba la mano como hacía su antiguo profesor de Berlín, algo en su mirada sugería que albergaba mucha rabia acumulada que podía liberarse en cualquier momento.

A herr Liszt le gustaban mucho la geografía y la historia, mientras que Bruno prefería la lectura y el dibujo.

—Eso no te servirá para nada —insistía el profesor—. Hoy en día es mucho más importante un profundo conocimiento de las ciencias sociales.

—En Berlín, la Abuela siempre nos dejaba interpretar obras de teatro —señaló Bruno en cierta ocasión.

—Pero tu abuela no era tu maestro, ¿verdad que no? —replicó herr Liszt—. Era tu abuela. Y yo soy tu maestro, así que estudiarás las cosas que yo considere importantes y no sólo las que te gustan.

—Pero ¿no son importantes los libros?

—Sí, los libros que tratan de cosas importantes —explicó herr Liszt—. Pero no los libros de cuentos. Los libros sobre cosas que nunca han pasado, no. A ver, ¿qué sabes tú de tu historia, joven? —Dicho sea en su honor, herr Liszt llamaba a Bruno «joven», como Pavel, a diferencia del teniente Kotler.

—Bueno, sé que nací el quince de abril del treinta y cuatro...

—No me refiero a tu historia personal. Me refiero a la historia de quién eres y de dónde vienes. A tu patrimonio familiar. A tu Patria, la tierra de tus padres.

Bruno frunció el entrecejo y reflexionó. No estaba muy seguro de tener una Patria, porque, aunque la casa de Berlín era grande y cómoda, no había mucho jardín alrededor. Y era lo bastante mayor para saber que sus padres no eran los propietarios de Auchviz, pese a que allí sí había mucha tierra.

—No mucho —admitió—. Pero sí sé algo de la Edad Media. Me gustan las historias de caballeros, aventuras y exploraciones.

Herr Liszt resopló entre dientes y meneó la cabeza sin disimular su enojo.

—Entonces, eso es lo que me corresponde cambiar —dijo con un tono siniestro—. Tendré que quitarte de la cabeza tus libros de cuentos y enseñarte más cosas sobre tus orígenes. Sobre las grandes injusticias que has padecido.

Bruno asintió satisfecho, pues dedujo que por fin le darían una explicación de por qué se habían visto obligados a marchar todos de su cómoda casa y mudarse a aquel lugar tan espantoso, ya que ésa debía de ser la mayor injusticia padecida en su corta vida.

Unos días más tarde, Bruno, a solas en su habitación, empezó a pensar en todo aquello que le gustaba hacer en su antigua casa y que no podía repetir en Auchviz. La mayoría de las cosas no había podido hacerlas porque ya no tenía amigos con quienes divertirse y Gretel nunca jugaba con él. Pero había una cosa que sí podía realizar solo y que siempre hacía en Berlín: jugar a los exploradores.

«Cuando era pequeño —se dijo— me gustaba explorar. Y entonces vivía en Berlín, donde lo conocía todo y podía encontrar cualquier cosa que quisiera con los ojos vendados. Aquí está todo por explorar. Quizá haya llegado el momento de empezar.»

Y a continuación, antes de poder cambiar de opinión, saltó de la cama, revolvió en su armario en busca de un abrigo y un par de botas viejas —el atuendo propio de los exploradores—, y se preparó para salir de la casa.

No tenía sentido explorar dentro. Al fin y al cabo, aquella casa no era como la de Berlín, que tenía cientos de rincones, recovecos y extraños cuartitos, por no mencionar los cinco pisos —contando el sótano y la buhardilla en lo alto del edificio, con aquella ventana por la que sólo podía mirar si se ponía de puntillas—. No, aquella casa era malísima para explorar. Si quería jugar a los exploradores, tendría que salir fuera.

Bruno llevaba meses mirando por la ventana de su dormitorio y contemplando el jardín, el banco con la placa, la alta alambrada, los postes de madera y las demás cosas que le había descrito a la Abuela en su última carta. Y pese a que observaba a menudo a aquellas personas, a los diferentes tipos de personas con sus pijamas de rayas, nunca se le había ocurrido preguntarse qué significaba todo aquello.

Era una especie de ciudad aparte, cuyos habitantes vivían y trabajaban juntos, separada de la casa donde habitaba él por una alambrada. ¿De verdad eran tan diferentes? Todas las personas de aquel campo llevaban la misma ropa, aquellos pijamas y gorras de rayas; y todas las personas que se paseaban por su casa (excepto Madre, Gretel y él) llevaban uniformes de diversa calidad y con diversos adornos, gorras, cascos, llamativos brazaletes rojos y negros, e iban armadas y siempre parecían tremendamente serias, como si todo fuera muy importante y nadie debiera pensar lo contrario.

¿Dónde estaba exactamente la diferencia?, se preguntó Bruno. ¿Y quién decidía quiénes llevaban el pijama de rayas y quiénes llevaban el uniforme?

A veces los dos grupos se mezclaban, como era lógico. Bruno había visto muchas veces a personas uniformadas al otro lado de la alambrada, y observándolas se dio cuenta de que eran quienes mandaban. Los del pijama se ponían en posición de firmes cuando se les acercaban los soldados, y a veces se caían al suelo y ni siquiera se levantaban y tenían que llevárselos.

«Es curioso que nunca me haya preguntado qué hace esa gente ahí —pensó el niño—. Y es curioso que, con todas las veces que los soldados van allí —había visto incluso a Padre pasar al otro lado en muchas ocasiones—, nunca hayan invitado a nadie del otro lado a venir a esta casa.»

A veces, aunque no muy a menudo, algunos soldados se quedaban a cenar; cuando lo hacían, se les servían muchas bebidas espumosas y tan pronto Gretel y Bruno habían terminado el postre los mandaban a dormir. Entonces se oía mucho ruido abajo y también cantaban, aunque muy mal, por cierto. Resultaba evidente que a Padre y Madre les gustaba la compañía de aquellos soldados; Bruno se daba cuenta. Pero nunca habían invitado a cenar a ninguno con pijama de rayas.

Salió de la casa, fue a la parte de atrás y miró hacia la ventana de su dormitorio, que desde allí abajo ya no parecía tan alta. «Seguramente podría saltar desde la ventana y no me haría mucho daño», caviló, aunque no se le ocurría ningún motivo para hacer semejante idiotez. Quizá saltara si la casa se incendiase y él hubiera quedado atrapado dentro, pero aun así le parecía arriesgado.

Miró hacia la derecha, hasta donde alcanzaba la vista, y vio que la alta alambrada se prolongaba hacia el infinito bajo el sol, y se alegró de que así fuera, porque aquello significaba que él no sabía qué había más allá y podía ponerse a andar para averiguarlo, pues al fin y al cabo en eso consistía explorar. (Herr Liszt sólo le había hablado de una cosa interesante en las clases de Historia: de hombres como Cristóbal Colón y Américo Vespucio; hombres con vidas tan llenas de aventuras y tan interesantes que no hacían sino confirmarle que él quería ser como ellos cuando fuera mayor.)

Sin embargo, antes de echar a andar en aquella dirección, había una última cosa que investigar: el banco. Bruno llevaba meses contemplándolo, escudriñando la placa desde lejos y llamándolo «el banco de la placa», pero sin saber qué ponía en la placa. Miró a izquierda y derecha para comprobar que no venía nadie y luego se acercó corriendo al banco. Sólo era una pequeña placa de bronce y Bruno la leyó en silencio.

«Obsequiado con motivo de la inauguración... —vaciló un instante— del Campo de Auchviz —continuó, titubeando un poco como solía ocurrirle—. Junio de 1940.»

Estiró un brazo y la tocó; el bronce estaba muy frío, así que apartó rápidamente los dedos. Respiró hondo e inició su excursión. Lo único en lo que Bruno intentaba no pensar era que tanto Madre como Padre le habían advertido en innumerables ocasiones que estaba prohibido pasear en aquella dirección, que estaba prohibido acercarse a la alambrada del campo, y sobre todo que en Auchviz estaba prohibido explorar.

Sin Excepciones.

## 10

### El punto que se convirtió en una manchita que se convirtió en un borrón que se convirtió en una figura que se convirtió en un niño

El paseo a lo largo de la alambrada duró mucho más de lo que Bruno había imaginado; ésta parecía prolongarse varios kilómetros. Siguió caminando, y cada vez que miraba hacia atrás la casa en que vivía se veía más pequeña, hasta que dejó de verse por completo. En todo aquel rato nunca vio a nadie cerca de la alambrada; tampoco encontró ninguna puerta por donde entrar, y empezó a pensar que su exploración iba a ser un fracaso. De hecho, aunque la valla continuaba hasta donde alcanzaba la vista, las cabañas, los edificios y las columnas de humo estaban desapareciendo en la distancia, a su espalda, y el alambre lo separaba de una extensión de terreno vacío.

Cuando llevaba casi una hora andando y empezó a tener hambre, pensó que quizá ya había explorado suficiente por aquel día y que debería volver. Sin embargo, en ese preciso instante apareció a lo lejos un puntito, y Bruno entornó los ojos para distinguir qué era. Recordó un libro que había leído, en el que un hombre se perdía en el desierto y, como llevaba varios días sin comer ni beber nada, imaginaba que veía fabulosos restaurantes y enormes fuentes, pero cuando intentaba comer o beber en ellos éstos desaparecían y sólo encontraba puñados de arena. Se preguntó si sería aquello lo que le estaba pasando a él.

Pero mientras lo pensaba, sus piernas, que no paraban de moverse, lo iban acercando más y más a aquel punto, que entretanto se había convertido en una manchita y empezaba a dar muestras de convertirse en un borrón. Y poco después el borrón se convirtió en una figura. Y entonces, a medida que Bruno se acercaba más, vio que aquella cosa no era ni un punto ni una manchita ni un borrón ni una figura, sino una persona.

Y que aquella persona era un niño.

Bruno había leído suficientes libros de aventuras para saber que uno nunca podía estar seguro de qué iba a encontrar. La mayoría de las veces los exploradores tropezaban con algo interesante que sencillamente estaba allí, sin molestar a nadie, esperando a que lo descubrieran (por ejemplo, América). Otras veces descubrían algo que seguramente era mejor dejar en paz (como un ratón muerto en el fondo de un armario).

El niño pertenecía a la primera categoría. Estaba allí sentado, sin molestar a nadie, esperando a que lo descubrieran.

Bruno aminoró el paso cuando vio al niño que antes era una figura que antes era un borrón que antes era una manchita que antes era un punto. Aunque los separaba una alambrada, él sabía que debía tener mucho cuidado con los desconocidos y que siempre era mejor abordarlos con cautela. Así que siguió andando; poco después se encontraban uno frente al otro.

—Hola —dijo Bruno.

—Hola —contestó el niño.

Era más bajo que Bruno y estaba sentado en el suelo con expresión de tristeza y desamparo. Llevaba el mismo pijama de rayas que vestían todos al otro lado de la alambrada, así como la gorra de tela. No calzaba zapatos ni calcetines y tenía los pies muy sucios. En el brazo llevaba un brazalete con una estrella.

Cuando Bruno empezó a acercarse al niño, éste estaba sentado con las piernas cruzadas y la cabeza gacha. Sin embargo, al cabo de un momento levantó la cabeza y pudo verle la cara. Tenía un rostro muy extraño. Su piel era casi gris, de una palidez que no se parecía a ninguna que Bruno hubiera visto hasta entonces. Tenía ojos muy grandes, de color caramelo y un blanco muy blanco. Cuando el niño lo miró, lo único que vio Bruno fueron unos ojos enormes y tristes que le devolvían la mirada.

Bruno estaba seguro de que jamás había visto a un niño más flaco ni más triste en su vida, pero decidió que lo mejor era hablar con él.

—Estoy explorando —dijo.

—¿Ah, sí? —replicó el niño.

—Sí. Desde hace casi dos horas.

Aquello no era estrictamente cierto. Bruno sólo llevaba una hora explorando, pero no le pareció muy grave exagerar un poco. No era lo mismo que mentir, y le hizo sentir más aventurero de lo que en realidad era.

—¿Has encontrado algo? —preguntó el niño.

—No gran cosa.

—¿Nada de nada?

—Bueno, te he encontrado a ti —dijo Bruno tras una pausa.

Miró fijamente al niño y estuvo a punto de preguntarle por qué estaba tan triste, pero temió parecer descortés. Sabía que a veces las personas que están tristes no quieren que les pregunten qué les pasa; a veces lo cuentan ellos mismos y a veces no paran de hablar de ello durante meses, pero en esa ocasión Bruno creyó oportuno esperar. Durante su exploración había descubierto una cosa, y ahora que por fin estaba hablando con alguien del otro lado de la alambrada se dijo que no podía estropear la oportunidad de informarse.

Así pues, se sentó en el suelo, en su lado de la alambrada, cruzando las piernas igual que el otro niño, y lamentó no haber llevado un poco de chocolate o quizá una pasta que podrían haber compartido.

—Vivo en la casa que hay a este lado de la alambrada —dijo.

—¿Ah, sí? Una vez vi la casa desde lejos, pero a ti no.

—Mi habitación está en el primer piso. Desde allí veo por encima de la alambrada. Por cierto, me llamo Bruno.

—Yo me llamo Shmuel —dijo el niño.

Bruno arrugó la nariz; no estaba seguro de haber oído bien.

—¿Cómo dices que te llamas?

—Shmuel —repitió el niño como si fuera lo más normal del mundo—. ¿Y tú cómo dices que te llamas?

—Bruno.

—Nunca había oído ese nombre —declaró Shmuel.

—Ni yo el tuyo —reconoció Bruno—. Shmuel. —Reflexionó un poco—. Shmuel —repitió—. Me gusta cómo suena. Shmuel. Suena como el viento.

—Bruno —dijo Shmuel asintiendo con la cabeza—. Sí, me parece que a mí también me gusta tu nombre. Suena como si alguien se frotara los brazos para entrar en calor.

—No conozco a nadie que se llame Shmuel.

—Pues en este lado de la alambrada hay montones de Shmuels. Cientos, seguramente. A mí me gustaría tener mi propio nombre.

—Pues yo no conozco a nadie que se llame Bruno. Aparte de mí, claro. Creo que soy el único.

—Entonces tienes suerte —dijo Shmuel.

—Sí, supongo que sí. ¿Cuántos años tienes?

Shmuel pensó un momento, se miró los dedos y los agitó como si hiciera cálculos.

—Nueve —dijo—. Nací el quince de abril de mil novecientos treinta y cuatro.

Bruno lo miró con asombro.

—¿Qué has dicho? —preguntó.

—He dicho que nací el quince de abril de mil novecientos treinta y cuatro.

Bruno abrió mucho los ojos y sus labios formaron una O.

—No puede ser —dijo.

—¿Por qué?

—No —dijo Bruno sacudiendo la cabeza—. No quiero decir que no te crea. Pero es asombroso. Porque yo también nací el quince de abril de mil novecientos treinta y cuatro. Nacimos el mismo día.

Shmuel reflexionó un momento.

—Entonces también tienes nueve años —razonó.

—Sí. ¿Verdad que es raro? —dijo Bruno.

—Muy raro. Porque en este lado de la alambrada hay montones de Shmuels, pero creo que ninguno que haya nacido el mismo día que yo.

—Somos como hermanos gemelos —dijo Bruno.

—Sí, un poco.

De pronto Bruno se puso muy contento. Le vinieron a la mente Karl, Daniel y Martin, sus tres mejores amigos para toda la vida, recordó cómo se divertían juntos en Berlín y se dio cuenta de lo solo que se había sentido en Auchviz.

—¿Tienes muchos amigos? —preguntó, ladeando un poco la cabeza hacia el niño.

—Sí, claro —respondió Shmuel—. Bueno, más o menos.

Bruno frunció el entrecejo. Le habría gustado que Shmuel hubiera contestado que no, porque así habrían tenido otra cosa en común.

—¿Amigos íntimos? —preguntó.

—Bueno, muy íntimos no. Pero en este lado de la alambrada hay muchos niños de nuestra edad. Aunque nos peleamos mucho. Por eso he venido aquí. Para estar solo.

—No hay derecho —dijo Bruno—. No entiendo por qué yo tengo que estar aquí, en este lado de la alambrada, donde no hay nadie con quien hablar o jugar, mientras que tú tienes montones de amigos y seguramente pasas horas jugando con ellos todos los días. Tendré que hablar con Padre de eso.

—¿De dónde eres? —preguntó Shmuel entrecerrando los ojos y observándolo con curiosidad.

—De Berlín.

—¿Dónde está eso?

Bruno abrió la boca para contestar, pero no estaba muy seguro.

—Está en Alemania, por supuesto —dijo—. ¿Tú no eres alemán?

—No, yo soy polaco.

Bruno arrugó la nariz.

—Entonces ¿cómo es que hablas alemán? —preguntó.

—Porque tú te has dirigido a mí en alemán. Por eso te he contestado en alemán. Pero la lengua de Polonia es el polaco. ¿Sabes hablar polaco?

—No —contestó Bruno, soltando una risita nerviosa—. No conozco a nadie que sepa hablar dos idiomas. Y menos alguien de nuestra edad.

—Mi madre es maestra en mi escuela y me enseñó alemán —explicó Shmuel—. Ella también habla francés. E italiano. E inglés. Es muy inteligente. Yo todavía no sé hablar francés ni italiano, pero ella dice que algún día me enseñará inglés porque quizá me convenga saberlo.

—Polonia —dijo Bruno, pensativo, sopesando aquella palabra con la lengua—. No es tan bonito como Alemania, ¿verdad?

Shmuel arrugó la frente.

—¿Por qué no? —preguntó.

—Bueno, porque Alemania es el mejor país del mundo —respondió Bruno, recordando lo que había oído decir a Padre y al Abuelo en muchas ocasiones—. Nosotros somos superiores.

Shmuel lo miró fijamente sin decir nada, y Bruno sintió el impulso de cambiar de tema, pues incluso al pronunciar aquellas palabras le pareció que no sonaban del todo bien, y no quería que Shmuel pensara que estaba siendo descortés.

—¿Y dónde está Polonia? —preguntó tras un momento de silencio.

—Pues en Europa —dijo Shmuel.

Bruno intentó recordar los países que herr Liszt había mencionado en la última clase de Geografía.

—¿Has oído hablar de Dinamarca? —preguntó.

—No —contestó Shmuel.

—Me parece que Polonia está en Dinamarca —dijo Bruno, cada vez más desconcertado, aunque intentaba aparentar que sabía de qué estaba hablando—. Porque Dinamarca está muy lejos —añadió.

Shmuel lo miró un momento y abrió la boca y la cerró dos veces, como meditando su réplica.

—Pero si esto es Polonia —dijo al final.

—¿Ah, sí?

—Sí. Así que Dinamarca está muy lejos de Polonia y de Alemania.

Bruno frunció el entrecejo. Había oído hablar de aquellos países, pero le costaba situarlos.

—Bueno, sí —dijo—. Pero todo es relativo, ¿no? Me refiero a la distancia. —Deseaba cambiar de tema porque empezaba a pensar que estaba muy equivocado, y se propuso prestar más atención en las clases de Geografía.

—Yo nunca he estado en Berlín —dijo Shmuel.

—Y a mí me parece que nunca había estado en Polonia hasta que vine aquí —replicó Bruno, lo cual era verdad—. Bueno, suponiendo que esto sea Polonia —añadió.

—Estoy seguro de que lo es —dijo Shmuel con voz queda—. Aunque no es una región muy bonita.

—No.

—La región de donde provengo es mucho más bonita.

—No puede ser tan bonita como Berlín —dijo Bruno—. En Berlín teníamos una gran casa con cinco pisos, contando el sótano y la buhardilla. Y había unas calles muy bonitas y tiendas y puestos de fruta y verdura y muchas cafeterías. Pero si alguna vez vas allí, no te recomiendo pasear por la ciudad un sábado por la tarde; las aceras están abarrotadas y te empujan sin miramientos. Era mucho más agradable antes de que cambiaran las cosas.

—¿Qué quieres decir? —preguntó Shmuel.

—Bueno, se estaba muy tranquilo —explicó Bruno, aunque no le gustaba hablar de cómo habían cambiado las cosas—. Y por la noche podía leer en la cama. Pero ahora a veces hay mucho ruido y da miedo, y cuando oscurece tenemos que apagar todas las luces.

—El sitio de donde vengo es mucho más bonito que Berlín —afirmó Shmuel, que nunca había estado en Berlín—. Allí la gente es muy simpática, tengo muchos parientes y la comida también es mucho mejor.

—Bueno, no tiene sentido discutir —dijo Bruno, que no quería pelearse con su nuevo amigo.

—Vale —dijo Shmuel.

—¿Te gusta jugar a los exploradores? —preguntó Bruno tras una pausa.

—Nunca he jugado a los exploradores —admitió Shmuel.

—Cuando sea mayor seré explorador —declaró Bruno y asintió con la cabeza—. De momento sólo puedo leer libros sobre exploradores, pero así, cuando sea explorador, no cometeré los mismos errores que cometieron ellos.

Shmuel arrugó la frente.

—¿Qué clase de errores? —preguntó.

—Huy, muchos. Cuando exploras, lo más importante es saber si lo que has encontrado vale la pena. Hay cosas que sencillamente están ahí, sin molestar a nadie, esperando a que las descubran. Por ejemplo, América. Y otras cosas seguramente es mejor dejarlas en paz. Por ejemplo, un ratón muerto en el fondo de un armario.

—Creo que yo pertenezco a la primera categoría —comentó Shmuel.

—Sí —dijo Bruno—. Creo que sí. ¿Puedo preguntarte una cosa? —añadió al cabo de un momento.

—Sí.

Bruno se lo pensó. Quería formular bien la pregunta.

—¿Por qué hay tanta gente al otro lado de la alambrada? —preguntó al fin—. ¿Y qué hacéis allí?

## 11

## El Furias

Unos meses atrás, cuando Padre recibió el uniforme nuevo que significaba que todos debían llamarlo «comandante» y poco antes de que Bruno llegara a casa y encontrara a Maria haciendo las maletas, una noche Padre llegó a casa muy emocionado, lo cual era muy raro en él, y entró en el salón donde Madre, Bruno y Gretel estaban sentados leyendo sus libros.

—El jueves por la noche —anunció—. Si teníamos algún plan para el jueves por la noche, ya puedes cancelarlo.

—Tú puedes cambiar tus planes si quieres —dijo Madre—, pero yo he quedado para ir al teatro con...

—El Furias quiere hablar de un asunto conmigo —dijo Padre, que era el único autorizado para interrumpir a Madre—. Acabo de recibir una llamada esta tarde. Sólo le va bien el jueves por la noche y vendrá a cenar.

Madre abrió mucho los ojos y sus labios formaron una O. Bruno se quedó mirándola y se preguntó si aquélla era la cara que ponía él cuando algo lo sorprendía.

—No lo dirás en serio —dijo Madre, palideciendo ligeramente—. ¿Va a venir aquí? ¿A nuestra casa?

Padre asintió con la cabeza.

—A las siete en punto —confirmó—. Así que será mejor que preparemos una cena especial.

—¡Cielos! —exclamó Madre mirando de un lado a otro y empezando a pensar en todo lo que había que hacer.

—¿Quién es el Furias? —preguntó Bruno.

—Lo pronuncias mal —dijo Padre, y lo pronunció correctamente.

—El Furias —volvió a decir Bruno, intentando pronunciar bien, aunque sin conseguirlo.

—No —dijo Padre—. El... ¡Bueno, es igual!

—Pero ¿quién es? —insistió Bruno.

Padre lo miró atónito y dijo:

—Sabes muy bien quién es el Furias.

—No —dijo Bruno.

—Dirige el país, idiota —terció Gretel con altanería, como suelen hacer las hermanas. (Eran cosas como aquélla las que la convertían en una tonta de remate)—. ¿Es que no lees el periódico?

—No llames idiota a tu hermano, por favor —intervino Madre.

—¿Puedo llamarlo estúpido?

—¡Gretel!

La niña se sentó, disgustada, pero de todas formas le sacó la lengua a Bruno.

—¿Va a venir solo? —preguntó Madre.

—He olvidado preguntárselo —dijo Padre—. Pero supongo que vendrá con ella.

—¡Cielos! —repitió Madre, levantándose y calculando mentalmente todo lo que tenía que organizar antes del jueves, para el que sólo faltaban dos días. Habría que limpiar la casa a fondo (incluidos los cristales), teñir y barnizar la mesa del comedor, encargar la comida, lavar y planchar los uniformes de la criada y el mayordomo, y dar brillo a la vajilla y la cristalería hasta que destellaran.

De un modo u otro, pese a que la lista parecía crecer y crecer, Madre consiguió terminarlo todo a tiempo, aunque no paraba de decir que la velada habría tenido el éxito asegurado si ciertas personas hubieran ayudado un poco más a prepararlo todo.

Una hora antes de la llegada del Furias, hicieron bajar a Gretel y Bruno, y los niños recibieron una insólita invitación para entrar en el despacho de Padre. Gretel llevaba un vestido blanco y calcetines largos, y le habían hecho tirabuzones. Bruno llevaba pantalones cortos marrón oscuro, camisa blanca y corbata marrón. Estrenaba zapatos para la ocasión, y estaba muy orgulloso de ellos, aunque le iban pequeños, le dolían los pies y le costaba andar. De cualquier modo, todos aquellos preparativos y toda aquella ropa elegante parecían un poco exagerados, porque ni Bruno ni Gretel estaban invitados a la cena; ellos habían cenado una hora antes.

—A ver, niños —dijo Padre sentándose detrás de su escritorio y mirando alternativamente a sus hijos, de pie e inmóviles frente a él—. Ya sabéis que esta velada es muy especial, ¿verdad?

Los niños asintieron.

—Y que es muy importante para mi carrera que esta noche todo salga bien.

Volvieron a asentir.

—Por tanto, hay una serie de reglas básicas que estableceremos de antemano.

Padre era muy partidario de las reglas básicas. Siempre que había una ocasión especial o importante en la casa, establecía algunas nuevas.

—Regla número uno —dijo—. Cuando llegue el Furias, os pondréis de pie en el recibidor, en silencio, y os prepararéis para saludarlo. No diréis nada hasta que él se dirija a vosotros, y entonces contestaréis con voz clara, articulando bien las palabras. ¿Entendido?

—Sí, Padre —masculló Bruno.

—Así es precisamente como no quiero que habléis. Vocaliza bien y habla como un adulto. Espero que ninguno de los dos se comporte como un niño pequeño. Si el Furias no os hace caso, vosotros no digáis nada; mirad al frente y demostradle el respeto y la cortesía que merece un dirigente de su talla.

—Por supuesto, Padre —dijo Gretel con voz muy clara.

—Y mientras Madre y yo estemos cenando con el Furias, vosotros dos debéis permanecer en vuestras habitaciones sin hacer ruido. No quiero a nadie correteando por la casa ni deslizándose por la barandilla. —Y le lanzó una elocuente mirada a Bruno—. No quiero interrupciones. ¿Me habéis entendido? No quiero que ninguno de los dos nos cause molestia alguna.

Bruno y Gretel asintieron con la cabeza y Padre se levantó para indicar que la reunión había terminado.

—Quedan establecidas las reglas básicas —sentenció.

Tres cuartos de hora más tarde sonó el timbre y se produjo un gran revuelo. Bruno y Gretel ocuparon sus puestos junto a la escalera, y Madre se colocó detrás de ellos, retorciéndose las manos con nerviosismo. Padre les echó una rápida ojeada y asintió, satisfecho con lo que veía, y entonces abrió la puerta.

Había dos personas en el umbral: un hombre bajito y una mujer más alta que él.

Padre los saludó y los invitó a entrar. Maria, con la cabeza aún más agachada de lo habitual, recogió sus abrigos, y entonces se hicieron las presentaciones. Los invitados hablaron primero con Madre, lo cual dio a Bruno la oportunidad de observarlos y decidir por sí mismo si merecían todo aquel jaleo.

El Furias era mucho más bajo que Padre, y Bruno dedujo que no debía de ser tan fuerte como él. Tenía el cabello negro, muy corto, y un bigote diminuto (tan diminuto que Bruno se preguntó para qué lo llevaba, o si sería que se había dejado un trozo al afeitarse). La dama que estaba a su lado, en cambio, era la mujer más hermosa que jamás había visto. Tenía el cabello rubio y los labios muy rojos, y mientras el Furias hablaba con Madre, se volvió para mirar a Bruno y sonrió. El niño se ruborizó.

—Y éstos son mis hijos —dijo Padre, mientras Gretel y Bruno daban un paso adelante—. Gretel y Bruno.

—¿Y quién es quién? —preguntó el Furias, y todos rieron excepto Bruno, pues en su opinión era perfectamente obvio quién era quién y no entendía qué gracia podía tener aquel comentario. El Furias les estrechó la mano y Gretel hizo la reverencia que tanto había ensayado. Bruno se alegró mucho cuando su hermana perdió el equilibrio y estuvo a punto de caerse.

—Qué niños tan adorables —dijo la hermosa rubia—. ¿Y cuántos años tienen, si no es indiscreción?

—Yo tengo doce, pero él sólo tiene nueve —dijo Gretel mirando con desdén a su hermano—. Y también sé hablar francés —agregó, lo cual no era cierto, aunque había aprendido unas pocas frases en la escuela.

—¿Francés? ¿Y para qué quieres hablarlo? —preguntó el Furias, y aquella vez nadie rió; todos pasaron el peso del cuerpo de una pierna a otra, turbados, mientras Gretel lo miraba fijamente, sin saber si tenía que contestar o no.

El asunto se resolvió rápidamente, porque el Furias, que era el invitado más grosero que Bruno había visto jamás, se dio la vuelta y se dirigió derecho hacia el comedor y, sin más, se sentó a la cabecera de la mesa, ¡en la silla de Padre! Un poco aturullados, Padre y Madre lo siguieron y Madre dio instrucciones a Lars para que empezara a calentar la sopa.

—Yo también sé hablar francés —dijo la hermosa rubia, inclinándose y sonriendo a los niños. Ella no parecía tener tanto miedo al Furias como Madre y Padre—. El francés es un idioma muy bonito y está muy bien que lo aprendas.

—¡Eva! —llamó el Furias desde la otra habitación, chasqueando los dedos como si la mujer fuera un perrito faldero. Ella puso los ojos en blanco, se irguió despacio y se dio la vuelta.

—Me gustan tus zapatos, Bruno, pero me parece que te aprietan un poco —añadió con una sonrisa—. Si es así, deberías decírselo a tu madre antes de que te lastimen los pies.

—Sí, me aprietan un poco —admitió Bruno.

—Normalmente no llevo tirabuzones —aclaró Gretel, celosa de su hermano por la atención que estaba recibiendo.

—¿Por qué no? —preguntó la mujer—. Te quedan preciosos.

—¡Eva! —llamó el Furias por segunda vez, y la hermosa mujer se alejó de ellos.

—Ha sido un placer conoceros —dijo antes de entrar en el comedor y sentarse a la izquierda del Furias.

Gretel fue hacia la escalera, pero Bruno se quedó plantado donde estaba, observando a la rubia hasta que ella volvió a fijarse en él y le hizo un gesto de adiós con la mano, en el preciso instante en que aparecía Padre y cerraba las puertas, indicándole con la cabeza que debía subir a su habitación, sentarse en silencio, no hacer ruido y, sobre todo, no deslizarse por la barandilla.

El Furias y Eva estuvieron dos horas en la casa, y no llamaron a Gretel ni a Bruno para que bajaran a despedirse. El niño los vio marchar desde la ventana de su dormitorio; se dirigieron hacia un coche conducido por un chófer, algo que impresionó mucho a Bruno, que se fijó en que el Furias no abrió la puerta a su acompañante sino que se montó en el vehículo y se puso a leer el periódico, mientras ella volvía a despedirse de Madre y le daba las gracias por la agradable velada.

«Qué hombre tan horrible», pensó Bruno.

Más tarde, esa misma noche, el niño oyó fragmentos de una conversación entre Madre y Padre. Ciertas frases se colaron por el ojo de la cerradura o por la rendija de la puerta del despacho de Padre, subieron por la escalera, torcieron en el rellano y se filtraron por debajo de la puerta del dormitorio de Bruno. Aunque sus padres hablaban en voz inusualmente alta, él sólo entendió unas pocas palabras:

—... marcharnos de Berlín. Y para ir a un sitio como... —dijo Madre.

—... no tenemos alternativa, al menos si queremos seguir... —dijo Padre.

—... como si fuera lo más normal del mundo, pero no lo es, no lo es... —dijo Madre.

—... lo que pasaría sería que me enviarían a algún sitio y me tratarían como... —dijo Padre.

—... esperarás que crezcan en un sitio como... —dijo Madre.

—... y punto. No quiero oír ni una palabra más sobre este asunto —dijo Padre.

Aquello debió de poner fin a la conversación, porque entonces Madre salió del despacho de Padre y el niño se quedó dormido.

Un par de días más tarde, Bruno llegó de la escuela a casa y encontró a Maria en su habitación, sacando todas sus cosas del armario y metiéndolas en cuatro grandes cajas de madera, incluso las pertenencias que él había escondido en el fondo del mueble, que eran suyas y de nadie más, y allí es donde empezó esta historia.

## 12

## Shmuel busca una respuesta a la pregunta de Bruno

—Lo único que sé es esto —empezó Shmuel—. Antes de que viniéramos aquí, yo vivía con mi madre, mi padre y mi hermano Josef en un pequeño piso encima del taller donde mi padre fabrica sus relojes. Todas las mañanas desayunábamos juntos a las siete en punto, y mientras nosotros estábamos en la escuela, mi padre arreglaba los relojes que le llevaba la gente y también fabricaba relojes nuevos. Yo tenía un reloj muy bonito que me había regalado mi padre, pero ya no lo tengo. Tenía la esfera dorada y todas las noches le daba cuerda antes de acostarme, y nunca se atrasaba ni se adelantaba.

—¿Qué pasó con el reloj? —preguntó Bruno.

—Me lo quitaron.

—¿Quién?

—Pues los soldados, ¿quién va a ser? —dijo Shmuel como si aquello fuera lo más obvio del mundo—. Y un día las cosas empezaron a cambiar

—continuó—. Llegué a casa y mi madre nos estaba haciendo brazaletes con una tela que le habían dado y dibujando una estrella en cada uno. Así.

Hizo un dibujo con el dedo en el suelo:

—Y cada vez que salíamos de casa, nos decía que teníamos que ponernos uno de esos brazaletes —añadió.

—Mi padre también lleva un brazalete —comentó Bruno—. En el uniforme. Es muy bonito. Es rojo, con un dibujo en blanco y negro.

Hizo otro dibujo con el dedo en el suelo, en su lado de la alambrada:

—Sí, pero son diferentes, ¿no? —observó Shmuel.

—A mí nunca me han dado ningún brazalete —dijo Bruno.

—Pues a mí me lo dieron sin que yo lo pidiera.

—Ya. A mí me gustaría llevar uno. Aunque no sé cuál preferiría, si el tuyo o el de Padre.

Shmuel sacudió la cabeza y siguió contando su historia. Ya no pensaba a menudo en aquellas cosas porque cuando recordaba su antigua vida encima de la relojería se ponía muy triste.

—Llevamos los brazaletes durante unos meses —dijo—. Y luego las cosas volvieron a cambiar. Un día llegué a casa y mi madre dijo que no podíamos seguir viviendo en nuestra casa...

—¡A mí me pasó lo mismo! —exclamó Bruno, alegrándose de saber que no era el único niño al que habían obligado a mudarse de casa—. Un día el Furias vino a cenar, y luego vinimos a vivir aquí. Y yo odio esto —añadió con enojo—. ¿También fue a cenar a tu casa y tuvisteis que marcharos?

—No, pero cuando nos dijeron que ya no podíamos vivir en nuestra casa tuvimos que irnos a otro barrio de Cracovia, donde los soldados levantaron un gran muro y mi madre, mi padre, mi hermano y yo teníamos que vivir en una habitación.

—¿Todos juntos? —preguntó Bruno—. ¿En la misma habitación?

—Y no sólo nosotros. También había otra familia, y la madre y el padre siempre estaban peleando y uno de los hijos era mayor que yo y me pegaba aunque yo no hubiera hecho nada.

—No puede ser que vivierais en la misma habitación —dijo Bruno sacudiendo la cabeza—. Eso no tiene sentido.

—Todos en la misma —insistió Shmuel al tiempo que asentía con la cabeza—. En total éramos once.

Bruno abrió la boca para contradecirlo —no creía que once personas pudieran vivir juntas en la misma habitación—, pero se lo pensó mejor.

—Pasamos varios meses allí —prosiguió el otro—, todos juntos en la misma habitación. Había una ventanita, pero a mí no me gustaba mirar por ella porque veía el muro y odiaba el muro porque nuestra casa de verdad estaba al otro lado. Y aquel barrio de la ciudad era un barrio muy malo porque siempre había ruido y era imposible dormir. Y odiaba a Luka, el niño que siempre me pegaba aunque yo no hiciera nada.

—A mí a veces Gretel me pega —aportó Bruno—. Es mi hermana —añadió—. Y es tonta de remate. Pero pronto seré mayor y más fuerte que ella y entonces se va a enterar.

—Y un día llegaron los soldados con unos camiones enormes —continuó Shmuel, que no parecía interesado por Gretel—. Nos hicieron salir a todos de las casas. Mucha gente no quiso salir y se escondió donde pudo, pero creo que al final los capturaron a todos. Y los camiones nos llevaron a un tren, y el tren... —Vaciló y se mordió el labio inferior. Bruno pensó que iba a echarse a llorar, aunque no entendía por qué—. El tren era horrible —prosiguió Shmuel—. Para empezar, había demasiada gente en los vagones. Y no se podía respirar. Y olía muy mal.

—Eso es porque os metisteis todos en el mismo tren —dijo Bruno, recordando los dos trenes que había visto en la estación el día que se marchó de Berlín—. Cuando nosotros vinimos aquí, había otro tren al otro lado del andén, pero creo que nadie lo había visto. Nosotros nos subimos a ése. Si te hubieras subido al mío...

—No creo que nos hubieran dejado —dijo Shmuel negando con la cabeza—. No podíamos salir del vagón.

—Las puertas están al final —explicó Bruno.

—No había puertas —dijo Shmuel.

—Claro que había puertas —suspiró Bruno—. Están al final —repitió—. Después de la cafetería.

—No había ninguna puerta —insistió Shmuel—. Si hubiera habido alguna puerta, nos habríamos apeado todos.

Bruno masculló algo del estilo de «claro que las había», pero no lo dijo en voz alta.

—Cuando por fin el tren se paró —continuó Shmuel—, estábamos en un sitio donde hacía mucho frío y tuvimos que venir hasta aquí a pie.

—Nosotros vinimos en coche —explicó Bruno.

—A mi madre se la llevaron, y a mi padre, a Josef y a mí nos pusieron en las cabañas de allí, que es donde estamos desde entonces.

Shmuel se entristeció mucho al contar aquella historia, aunque Bruno no sabía por qué; él no lo encontraba tan terrible, pues al fin y al cabo le había pasado lo mismo.

—¿Hay muchos niños más en tu lado de la alambrada? —preguntó.

—Sí, cientos.

Bruno abrió mucho los ojos.

—¿Cientos? —se asombró—. Qué injusticia. En este lado de la alambrada no hay nadie con quien jugar. Ni una sola persona.

—Nosotros nunca jugamos —dijo Shmuel.

—¿Que no jugáis? ¿Por qué?

—¿A qué íbamos a jugar? —replicó con cara de desconcierto.

—Pues no sé. A cualquier cosa. Al fútbol, por ejemplo. O a los exploradores. ¿Qué tal se explora por ahí? ¿Bien?

Shmuel negó con la cabeza y no contestó. Miró hacia las cabañas y luego volvió a mirar a Bruno. No quería preguntarle lo que estaba pensando, pero el dolor de estómago lo obligó:

—No habrás traído nada para comer, ¿verdad? —dijo.

—No, lo siento —contestó Bruno—. Quería traer un poco de chocolate, pero se me ha olvidado.

—Chocolate —dijo Shmuel muy despacio, y se humedeció los labios—. Sólo he comido chocolate una vez.

—¿Sólo una vez? A mí me encanta el chocolate. Comería chocolate a todas horas, aunque Madre dice que se me cariarán los dientes.

—No tendrás un poco de pan, ¿verdad?

Bruno negó con la cabeza.

—Nada —dijo—. La cena no se sirve hasta las seis y media. ¿Tú a qué hora cenas?

Shmuel se encogió de hombros y se levantó del suelo.

—Será mejor que vuelva —dijo.

—Algún día podrías venir a cenar con nosotros —dijo Bruno, aunque no estaba seguro de que fuera buena idea.

—Sí, algún día —dijo Shmuel, que tampoco parecía convencido.

—O podría ir yo a cenar con vosotros —propuso Bruno—. Así podría conocer a tus amigos —añadió esperanzado. Le habría gustado que Shmuel lo hubiera invitado, pero no parecía que fuera a hacerlo.

—Es que estás al otro lado de la alambrada —dijo Shmuel.

—Podría colarme por debajo —sugirió Bruno. Se agachó y levantó la base de la alambrada. En el centro, entre dos postes de madera, se formó un hueco lo bastante grande para que un niño pequeño pasara por él.

Shmuel lo vio hacerlo y retrocedió, nervioso.

—Tengo que volver —dijo.

—Nos vemos otro día —comentó Bruno.

—No debería estar aquí. Si me pillan tendré problemas.

Se dio la vuelta y se alejó, y Bruno volvió a fijarse en lo bajito y delgado que era su nuevo amigo. No hizo ningún comentario sobre aquello porque sabía cuán desagradable resultaba que te criticaran por algo tan banal como tu estatura, y lo último que quería era ser desagradable con Shmuel.

—¡Volveré mañana! —gritó Bruno, aunque Shmuel no contestó; es más, se alejó corriendo y Bruno se quedó solo.

Decidió que ya había explorado suficiente por ese día y echó a andar hacia su casa, emocionado por lo que había pasado e impaciente por contarles a Madre, Padre, Gretel —que se pondría tan celosa que explotaría—, Maria, el cocinero y Lars su aventura de aquella tarde, lo de su nuevo amigo con aquel nombre tan raro y el hecho de que hubieran nacido el mismo día, pero, a medida que se acercaba a su casa, empezó a pensar que quizá no fuera tan buena idea.

«Al fin y al cabo —razonó—, quizá no quieran que me haga amigo de él, y en ese caso me prohibirán venir aquí.» Cuando entró en la casa y olió la carne que se estaba asando en el horno para la cena, ya había decidido que sería mejor no decir nada, al menos de momento. Sería su secreto. Bueno, suyo y de Shmuel.

Bruno opinaba que, cuando se trataba de los padres, y sobre todo de las hermanas, ojos que no ven, corazón que no siente.

# 13

## La botella de vino

Las semanas se sucedían y Bruno iba mentalizándose de que no volvería a Berlín en el futuro inmediato, así que ya podía olvidarse de bajar por la barandilla de su cómoda casa y de ver a Karl, Daniel y Martin, de momento.

Sin embargo, empezaba a acostumbrarse a Auchviz y ya no se sentía tan desgraciado con su nueva vida. Al fin y al cabo, tenía alguien con quien hablar. Todas las tardes, cuando terminaban las clases, Bruno daba un largo paseo por la alambrada, se sentaba y hablaba con su nuevo amigo Shmuel hasta que llegaba la hora de volver a casa, algo que le compensaba por todas las veces que había añorado Berlín.

Una tarde, mientras se estaba llenando los bolsillos de pan y queso de la nevera para llevárselos, Maria entró y vio lo que estaba haciendo.

—Hola —dijo Bruno intentando disimular—. Me has asustado. No te he oído llegar.

—Supongo que no estarás picando otra vez... —dijo Maria esbozando una sonrisa—. Ya has comido, ¿no? ¿Te has quedado con hambre?

—Un poco —dijo Bruno—. Voy a dar un paseo y he pensado que a lo mejor me entra apetito por el camino.

Maria se encogió de hombros; fue hacia los fogones y puso a calentar un cazo de agua. En la encimera había un montón de patatas y zanahorias esperando a que llegara Pavel y las pelara. Bruno estaba a punto de marcharse cuando se fijó en las hortalizas, y en su mente se formó una pregunta que llevaba tiempo intrigándolo. Hasta entonces no se le había ocurrido a quién podía formulársela, pero aquél parecía el momento idóneo y Maria la persona más adecuada.

—Maria —dijo—, ¿puedo hacerte una pregunta?

La criada se dio la vuelta y lo miró.

—Claro, señorito Bruno.

—Y si te hago esa pregunta, ¿me prometes que no le contarás a nadie que te la he hecho?

Maria entornó los ojos, recelosa, pero asintió con la cabeza.

—De acuerdo —concedió—. ¿Qué quieres saber?

—Es sobre Pavel —dijo Bruno—. Lo conoces, ¿no? Ese hombre que viene y pela las hortalizas y luego nos sirve la cena.

—Ah, sí. —Maria sonrió. Pareció aliviarla que la pregunta no fuera sobre nada serio—. Sí, conozco a Pavel. Hemos hablado muchas veces. ¿Qué quieres saber de él?

—Verás —dijo Bruno, escogiendo con cuidado sus palabras para no decir nada indebido—, ¿recuerdas que poco después de llegar aquí monté el columpio en el roble y me caí y me hice una herida en la rodilla?

—Sí. ¿Qué pasa? ¿Vuelve a dolerte?

—No, no es eso. Pero cuando me caí, Pavel era el único adulto que había en casa y él me trajo aquí, me limpió la herida y me untó un ungüento verde que me escoció, pero supongo que me fue bien, y luego me puso un apósito.

—Eso es lo que haría cualquiera por alguien que se hubiera hecho daño —dijo Maria.

—Sí, ya lo sé. Pero ese día me dijo que en realidad él no era camarero.

Maria se quedó callada un momento. Entonces desvió la mirada y se humedeció un poco los labios antes de asentir con la cabeza.

—Ya —dijo—. ¿Y qué te dijo que era?

—Me dijo que era médico. Pero yo no me lo creí. ¿Verdad que no es médico?

—No —dijo Maria sacudiendo la cabeza—. No, no es médico. Es camarero.

—Lo sabía —dijo Bruno, muy orondo—. Entonces ¿por qué me mintió? Es absurdo.

—Pavel ya no es médico, Bruno —explicó Maria en voz baja—. Pero antes lo era. En otra vida. Antes de venir aquí.

Bruno frunció el entrecejo y reflexionó.

—No lo entiendo —dijo.

—No eres el único.

—Pero si era médico, ¿por qué ya no lo es?

Maria exhaló un suspiro y miró por la ventana para comprobar que no venía nadie; entonces señaló las sillas y ambos se sentaron.

—Voy a explicarte lo que Pavel me ha contado acerca de su vida —dijo—, pero no debes contárselo a nadie, ¿entendido? Porque entonces todos tendríamos graves problemas.

—No se lo diré a nadie —aseguró Bruno; le encantaba oír secretos y casi nunca los revelaba, salvo cuando era absolutamente necesario y no podía evitarlo.

—Muy bien. Esto es lo que sé.


Bruno llegó tarde al tramo de alambrada donde se encontraba con Shmuel todos los días, pero su nuevo amigo estaba esperando sentado en el suelo con las piernas cruzadas, como siempre.

—Perdona el retraso —dijo, pasándole el pan y el queso por la alambrada (los trozos que no se había comido por el camino cuando le había entrado un poco de hambre)—. Estaba hablando con Maria.

—¿Quién es Maria? —preguntó Shmuel sin levantar la cabeza, mientras se zampaba la comida con avidez.

—Nuestra criada. Es muy simpática, aunque Padre dice que tiene un sueldo excesivo. Me estaba hablando de Pavel, el hombre que nos corta las hortalizas y nos sirve la cena. Me parece que vive en tu lado de la alambrada.

Shmuel levantó la cabeza un momento y dejó de comer.

—¿En mi lado? —preguntó.

—Sí. ¿Lo conoces? Es muy mayor y tiene una chaqueta blanca que se pone cuando nos sirve la cena. Seguro que lo has visto.

—No —dijo Shmuel negando con la cabeza—. No lo conozco.

—Seguro que sí —insistió Bruno, exasperado, como si creyera que Shmuel le llevaba la contraria a propósito—. Es muy bajito para ser un adulto y tiene el pelo cano y anda un poco encorvado.

—Me parece que no sabes cuánta gente vive en este lado de la alambrada. Hay miles de personas.

—Pero el que te digo se llama Pavel —perseveró Bruno—. Cuando me caí del columpio me limpió la herida para que no se me infectara y me puso un apósito en la rodilla. En fin, quería hablarte de él porque también es polaco. Igual que tú.

—La mayoría de los que estamos aquí somos polacos —dijo Shmuel—. Aunque también hay algunos de otros sitios, como Checoslovaquia y...

—Sí, pero por eso pensé que quizá lo conocías. Bueno, resulta que era médico antes de venir aquí, pero ya no le dejan ser médico y si Padre llega a saber que me limpió la herida cuando me hice daño, Pavel tendría problemas.

—A los soldados no les gusta que la gente se cure —comentó Shmuel mientras tragaba el último trozo de pan—. Normalmente funciona al revés.

Bruno asintió, aunque no entendía muy bien qué quería decir Shmuel, y miró al cielo. Pasados unos momentos volvió a mirar a través de la alambrada e hizo a Shmuel otra pregunta que llevaba tiempo intrigándole.

—¿Tú sabes qué quieres ser cuando seas mayor? —preguntó.

—Sí —contestó Shmuel—. Quiero trabajar en un zoo.

—¿En un zoo?

—Me gustan los animales —dijo Shmuel en voz baja.

—Yo seré soldado —dijo Bruno con decisión—. Como Padre.

—A mí no me gustaría ser soldado.

—Pero no un soldado como el teniente Kotler —se apresuró a añadir Bruno—. No de esos que caminan a grandes zancadas como si fueran los amos del mundo y que se ríen con tu hermana y hablan en susurros con tu madre. Me parece que él no es un buen soldado. Yo quiero ser un soldado como Padre. Un buen soldado.

—Los soldados buenos no existen —dijo Shmuel.

—Claro que sí —lo contradijo Bruno.

—¿A quién conoces que sea un buen soldado?

—Pues a Padre, por ejemplo. Por eso lleva un uniforme tan bonito y por eso todos lo llaman comandante y hacen lo que él les manda. El Furias tiene grandes proyectos para él porque es muy buen soldado.

—Los soldados buenos no existen —repitió Shmuel.

—Excepto Padre —repitió Bruno. Confiaba en que no volviera a contradecirlo, no quería tener que pelearse con él. Al fin y al cabo, era el único amigo que tenía en Auchviz. Pero Padre era Padre, y Bruno no creía que estuviera bien que alguien hablara mal de él.

Ambos guardaron silencio unos minutos; ninguno de los dos quería decir nada de lo que después pudiera arrepentirse.

—Tú no sabes cómo es la vida aquí —dijo Shmuel al final con un hilo de voz, y Bruno apenas oyó sus palabras.

—¿No tienes hermanas? —preguntó rápidamente Bruno, fingiendo no haberlo oído para así cambiar de tema.

—No —respondió Shmuel, meneando la cabeza.

—Qué suerte. Gretel sólo tiene doce años y se cree que lo sabe todo, pero en realidad es tonta de remate. Se pone a mirar por la ventana y cuando ve llegar al teniente Kotler baja corriendo al recibidor y finge que llevaba mucho rato allí. El otro día la pillé haciéndolo y cuando él entró ella dio un respingo y dijo «Vaya, teniente Kotler, no sabía que estaba usted aquí», pero yo sé seguro que lo estaba esperando.

Bruno no estaba mirando a Shmuel mientras decía todo aquello, pero cuando volvió a mirarlo vio que su amigo se había puesto aún más pálido de lo habitual.

—¿Qué pasa? —preguntó—. Pareces a punto de vomitar.

—No me gusta hablar de él —dijo Shmuel.

—¿De quién?

—Del teniente Kotler. Me da miedo.

—A mí también me da un poco de miedo —reconoció Bruno—. Es un chulo. Y huele muy raro. Es porque se pone mucha colonia. —Shmuel empezó a temblar ligeramente y Bruno miró alrededor, como si quisiera ver, y no sentir, si hacía frío o no—. ¿Qué pasa? —preguntó—. ¿Tanto frío tienes? Deberías haber traído un jersey. Ya empieza a refrescar un poco por las noches.

Aquel mismo día, Bruno se llevó una desagradable sorpresa al enterarse de que el teniente Kotler iba a cenar en su casa con él, Gretel y sus padres. Pavel llevaba su chaqueta blanca, como de costumbre, y les sirvió la cena.

Bruno observaba a Pavel, que iba y venía alrededor de la mesa, y se fijó en que parecía triste. Se preguntó si la chaqueta blanca que se ponía para hacer de camarero era la misma chaqueta blanca que antes se ponía para hacer de médico. Servía los platos y, mientras ellos comían y hablaban, se retiraba hacia la pared y se quedaba inmóvil, sin mirar al frente ni a ningún otro sitio. Era como si se durmiese de pie y con los ojos abiertos.

Cuando alguien necesitaba algo, Pavel se lo llevaba de inmediato, pero cuanto más lo observaba Bruno, más se convencía de que se iba a producir alguna desgracia. El hombre se encogía semana tras semana, aunque parecía difícil que pudiera encogerse aún más, y el color había desaparecido casi por completo de sus mejillas. Tenía los ojos llorosos, y el niño sospechaba que si Pavel parpadeaba un poco desencadenaría un torrente.

Cuando el camarero entró con más platos, Bruno se fijó en que le temblaban ligeramente las manos. Y cuando se retiró a su posición habitual, se tambaleó un poco y tuvo que apoyar una mano contra la pared para no perder el equilibrio. Madre tuvo que pedirle dos veces que volviera a servirle sopa, porque Pavel no la oyó a la primera, y dejó la botella de vino vacía en la mesa y olvidó abrir otra para llenarle la copa a Padre.

—Herr Liszt no nos deja leer poesía ni obras de teatro —protestó Bruno durante el segundo plato. Como tenían un invitado, toda la familia se había arreglado: Padre llevaba su uniforme; Madre, un vestido verde que resaltaba sus ojos; y Gretel y Bruno, la ropa que se ponían para ir a la iglesia cuando vivían en Berlín—. Le he pedido que nos deje leer aunque sólo sea un día a la semana, pero me ha dicho que no, al menos mientras él se encargue de nuestra educación.

—Estoy seguro de que tiene sus motivos —dijo Padre mientras atacaba una pata de cordero.

—Lo único que le interesa es que estudiemos Geografía e Historia —dijo Bruno—. Y estoy empezando a odiar la Historia y la Geografía.

—Por favor, Bruno, no digas «odiar» —lo reprendió Madre.

—¿Por qué odias la Historia? —preguntó Padre tras dejar un momento el tenedor, mirando a su hijo, que se encogió de hombros, una mala costumbre que tenía.

—Porque es aburrida —contestó al fin.

—¿Aburrida? —dijo Padre—. ¿Cómo se atreve un hijo mío a decir que la Historia es aburrida? Voy a explicarte una cosa, Bruno. —Se inclinó hacia delante y señaló a su hijo con el cuchillo—. Gracias a la Historia hoy estamos aquí. De no ser por la Historia, ninguno de nosotros estaría ahora sentado alrededor de esta mesa. Estaríamos tan tranquilos sentados alrededor de la mesa de nuestra casa de Berlín. Lo que estamos haciendo aquí es corregir la Historia.

—A mí me parece aburrida —insistió Bruno, sin prestar mucha atención.

—Tendrá que disculpar a mi hermano, teniente Kotler —dijo Gretel, posando brevemente una mano sobre su brazo, lo cual hizo que Madre la mirara fijamente y entornara los ojos—. Es un niñito muy ignorante.

—Yo no soy ignorante —le espetó Bruno, que estaba harto de los insultos de su hermana—. Tendrá que disculpar a mi hermana, teniente Kotler —añadió con educación—, pero es tonta de remate. No podemos hacer nada por ella. Los médicos dicen que no tiene remedio.

—Cállate —espetó Gretel, ruborizada.

—Cállate tú —replicó Bruno sonriendo abiertamente.

—Niños, por favor —intervino Madre.

Padre dio unos golpecitos en la mesa con el cuchillo y todos callaron. Bruno echó una ojeada a su padre. No parecía enfadado exactamente, pero resultaba obvio que no iba a tolerar más discusiones.

—A mí me gustaba mucho la Historia cuando era pequeño —comentó el teniente Kotler tras unos momentos de silencio—. Y aunque mi padre era profesor de Literatura en la universidad, yo prefería las ciencias sociales a las artes.

—No lo sabía, Kurt —dijo Madre, volviendo la cabeza para mirarlo—. ¿Tu padre sigue dando clases?

—Supongo que sí. La verdad es que no lo sé.

—¿Cómo es eso? —preguntó ella mirándolo con ceño—. ¿No tienes contacto con él?

El joven teniente se puso a masticar un trozo de cordero, lo cual le dio la oportunidad de meditar su respuesta. Miró a Bruno como si le reprochara haber sacado el tema.

—Kurt —repitió Madre—, ¿no sigues en contacto con tu padre?

—La verdad es que no —contestó él, encogiéndose de hombros y sin mirarla—. Se marchó de Alemania hace unos años, en el treinta y ocho, creo. No he vuelto a verlo desde entonces.

Padre dejó de comer un momento y se quedó mirando al teniente Kotler con la frente un poco arrugada.

—¿Y adónde se fue? —preguntó.

—¿Perdón, herr comandante? —preguntó el teniente Kotler, pese a que Padre había hablado con voz muy clara.

—Le he preguntado adónde fue —repitió—. Su padre. El profesor de Literatura. ¿Adónde se fue cuando se marchó de Alemania?

El teniente se ruborizó ligeramente y tartamudeó un poco al contestar:

—Creo... creo que ahora vive en Suiza. Lo último que supe de él fue que daba clases en la Universidad de Berna.

—Ah, Suiza es un país precioso —intervino rápidamente Madre—. Nunca he estado allí, lo admito, pero según tengo entendido...

—Su padre no puede ser muy mayor —observó Padre, y su voz grave los hizo callar a todos—. Usted sólo tiene... ¿diecisiete, dieciocho años?

—Acabo de cumplir diecinueve, herr comandante.

—Entonces su padre debe de tener... cuarenta y tantos, ¿no? —Kotler no dijo nada; siguió comiendo, aunque no parecía estar disfrutando mucho—. Es curioso que decidiera no quedarse en su patria —comentó Padre.

—Mi padre y yo no estamos muy unidos —se apresuró a aclarar el teniente mirando alrededor como si debiera una explicación a todos—. La verdad es que llevamos años sin hablarnos.

—¿Y qué razón dio, si me permite preguntarlo —continuó Padre—, para marcharse de Alemania en su momento de mayor gloria y de mayor necesidad, cuando nos corresponde a todos contribuir al renacer nacional? ¿Era tísico?

El teniente Kotler se quedó mirando a su comandante, desconcertado.

—¿Perdón? —preguntó.

—¿Se marchó a Suiza porque los médicos le recomendaron un cambio de aires? —explicó Padre—. ¿O tenía algún motivo concreto para salir de Alemania? En mil novecientos treinta y ocho —añadió tras una pausa.

—Me temo que no lo sé, herr comandante —respondió Kotler—. Eso tendría que preguntárselo a él.

—No creo que fuera fácil. Puesto que se encuentra tan lejos. Pero quizá sea eso. Quizá estaba enfermo. —Padre vaciló un instante; luego asió el tenedor y el cuchillo y siguió comiendo—. O quizá tenía... discrepancias.

—¿Discrepancias, herr comandante?

—Con la política del gobierno. De vez en cuando se oyen casos parecidos. Tipos extraños, supongo. Trastornados, algunos de ellos. Traidores, otros. Cobardes, también. Supongo que habrá informado a sus superiores de las opiniones de su padre, ¿verdad, teniente Kotler?

El joven abrió la boca y tragó, pese a que no tenía nada que tragar.

—No importa —dijo Padre—. Quizá no sea un tema de conversación adecuado para la mesa. Ya hablaremos de eso en otro momento.

—Herr comandante —dijo el teniente inclinándose hacia delante con gesto de preocupación—, puedo asegurarle...

—No, no es un tema de conversación adecuado para la mesa —repitió Padre con aspereza, haciéndolo callar de inmediato.

Bruno los miró a uno y otro, divertido y a la vez asustado por la atmósfera que se había creado.

—Me encantaría ir a Suiza —dijo Gretel tras un largo silencio.

—Come, Gretel —dijo Madre.

—¡Pero si sólo digo que...!

—Come —repitió Madre, que iba a decir algo más aunque la interrumpió Padre llamando a Pavel otra vez.

—¿Qué te pasa esta noche? —preguntó mientras el camarero descorchaba otra botella de vino—. Es la cuarta vez que tengo que pedirte más vino.

Bruno miró a Pavel para comprobar que el anciano estaba bien, aunque éste consiguió quitar el tapón sin provocar ningún accidente. Pero después de llenar la copa de Padre, se dio la vuelta para servir más vino al teniente Kotler; entonces se le resbaló la botella de las manos y derramó parte de su contenido en el regazo del joven soldado.

Lo que ocurrió entonces fue imprevisto y sumamente desagradable. El teniente Kotler se puso furioso con Pavel y nadie —ni Bruno, ni Gretel, ni Madre, ni siquiera Padre— intervino para impedir que hiciera lo que hizo a continuación, aunque ninguno de ellos tuvo valor para mirar. Sin embargo, a Bruno se le saltaron las lágrimas y Gretel palideció.

Más tarde, cuando el niño se fue a la cama, pensó en todo lo ocurrido durante la cena. Recordaba lo amable que había sido Pavel con él la tarde que había montado el columpio, y cómo le había parado la hemorragia de la rodilla y el cuidado con que le había aplicado el ungüento verde. Y aunque Bruno se daba cuenta de que normalmente Padre era un hombre muy amable y considerado, no le parecía justo ni correcto que nadie hubiera impedido al teniente Kotler ponerse tan furioso con Pavel. Si en Auchviz eso era normal, más valía no llevarle la contraria a nadie; de hecho, lo mejor que podía hacer era mantener la boca cerrada y no causar ningún problema. Podía haber alguien a quien no le gustara.

Su antigua vida en Berlín ya parecía un lejano recuerdo, y casi no se acordaba del aspecto de Karl, Daniel y Martin, salvo que uno de ellos era pelirrojo.

## 14

# Bruno cuenta una mentira muy razonable

Después de aquello, durante varias semanas Bruno siguió saliendo de casa cuando se marchaba herr Liszt y Madre echaba la siesta. Daba el largo paseo junto a la alambrada para reunirse con Shmuel, que casi todas las tardes estaba esperándolo allí, sentado en el suelo con las piernas cruzadas, con la vista clavada en el árido suelo.

Una tarde, Shmuel apareció con un ojo morado, y cuando Bruno le preguntó qué le había pasado, él se limitó a menear la cabeza diciendo que no quería hablar de ello. Bruno dedujo que en todas partes debía de haber chulos, no sólo en las escuelas de Berlín, y que uno de ellos le había hecho aquello a Shmuel. Le dieron ganas de ayudarlo, pero no se le ocurría cómo, y además Shmuel quería hacer como si no hubiera pasado nada.

Todos los días Bruno le preguntaba si podía colarse por debajo de la alambrada para jugar juntos al otro lado, pero Shmuel siempre contestaba que no, que no le parecía buena idea.

—De todas maneras, no entiendo por qué tienes tantas ganas de venir a este lado —le dijo en una ocasión—. Esto no es agradable.

—Eso lo dices porque no tienes que vivir en mi casa —replicó Bruno—. Para empezar, no tiene cinco plantas, sino sólo tres. ¿Cómo se puede vivir en una casa tan pequeña? —No se acordaba de que Shmuel le había contado que antes de ir a Auchviz había vivido en una habitación con diez personas más, entre ellas aquel niño, Luka, que siempre le pegaba aunque él no hiciera nada.

Un día Bruno le preguntó por qué todos los que vivían al otro lado de la alambrada llevaban el mismo pijama de rayas y la misma gorra de tela.

—Fue lo que nos dieron cuando llegamos aquí —explicó Shmuel—. Y se quedaron toda nuestra ropa.

—¿Y nunca te apetece ponerte otra cosa cuando te levantas por la mañana? Debes de tener algo más en el armario.

Shmuel parpadeó y abrió la boca para decir algo, pero se lo pensó mejor.

—A mí no me gustan las rayas —añadió Bruno, aunque no era del todo cierto. De hecho, le gustaban las rayas y estaba hartándose de tener que llevar pantalones, camisas, corbatas y zapatos que le apretaban, cuando Shmuel y sus amigos podían ir todo el día con su pijama de rayas.

Unos días más tarde, Bruno despertó y vio que por primera vez en varias semanas llovía copiosamente. La lluvia había empezado por la noche y supuso que el ruido lo había despertado, pero no estaba seguro porque una vez despierto no podía saber qué lo había despertado. A la hora del desayuno seguía lloviendo. Y siguió lloviendo durante las clases de la mañana con herr Liszt. Y siguió lloviendo a la hora de comer. Y seguía lloviendo cuando terminó la clase de Geografía e Historia de la tarde. Aquello era una mala noticia, porque significaba que no podría salir de casa ni reunirse con Shmuel.

Así pues, se tumbó en su cama con un libro, pero le costaba concentrarse. De repente apareció la tonta de remate. No solía entrar en su habitación, pues en su tiempo libre prefería cambiar de sitio una y otra vez su colección de muñecas. Sin embargo, el mal tiempo le había quitado las ganas de jugar.

—¿Qué quieres? —preguntó Bruno.

—Menudo recibimiento —dijo Gretel.

—Estoy leyendo.

—¿Qué lees? —preguntó ella.

Él se limitó a girar el libro para que su hermana viese la portada. Gretel hizo una pedorreta y roció con un poco de saliva la cara de Bruno.

—Qué aburrido —dijo la niña con un sonsonete.

—No es nada aburrido —replicó Bruno—. Es una aventura. Es mejor que las muñecas, eso seguro.

Gretel no mordió el anzuelo.

—¿Qué haces? —repitió, fastidiando aún más a Bruno.

—Ya te lo he dicho. Estoy intentando leer —refunfuñó él—. Pero no me dejan.

—Yo no sé qué hacer. Odio la lluvia.

A Bruno le costó entenderlo. En realidad, su hermana nunca hacía nada, no como él, que tenía aventuras y exploraba lugares y había encontrado un nuevo amigo. Ella casi nunca salía de casa. Era como si hubiera decidido aburrirse por el simple hecho de que no tenía más remedio que quedarse dentro. Aun así, hay momentos en que un hermano y una hermana pueden dejar de torturarse durante un rato y hablar como personas civilizadas, y Bruno decidió convertir aquel momento en uno de ellos.

—Yo también odio la lluvia —comentó—. Ahora podría estar con Shmuel. Creerá que me he olvidado de él. —Lo dijo sin pensar, pero nada más pronunciarlo se arrepintió de haberse ido de la lengua.

—¿Que podrías estar con quién? —preguntó Gretel.

—¿Qué? —repuso Bruno con gesto de extrañeza.

—Que con quién dices que podrías estar —insistió Gretel.

—Perdona —dijo Bruno buscando una salida—. No te he oído bien. ¿Puedes repetirlo?

—¡Que con quién dices que podrías estar! —gritó Gretel, inclinándose sobre él para que no hubiera malentendidos.

—Yo no he dicho que podría estar con nadie —repuso Bruno.

—Sí lo has dicho. Acabas de decir que no sé quién creerá que te has olvidado de él.

—¿Cómo?

—¡Bruno! —le advirtió Gretel.

—¿Te has vuelto loca? —preguntó Bruno, tratando de hacerle creer que se lo había imaginado todo, pero no sonó muy convincente porque él no era un actor nato como la Abuela.

Gretel meneó la cabeza amenazándolo con el dedo índice.

—¿Qué has dicho, Bruno? —insistió—. Acabas de decir que podrías estar con alguien. ¿Con quién? ¡Dímelo! Aquí no hay nadie con quien jugar, ¿no?

Bruno consideró el dilema en que se encontraba. Por una parte, su hermana y él tenían una cosa fundamental en común: que no eran adultos. Y aunque él nunca se había molestado en preguntárselo, había muchas probabilidades de que Gretel se sintiera tan sola como él en Auchviz. Al fin y al cabo, en Berlín ella podía jugar con Hilda, Isobel y Louise; quizá fueran unas niñas muy pesadas, pero al menos eran sus amigas. Allí, en cambio, no tenía a nadie, salvo su colección de muñecas sin vida. Pero ¿cómo podía saber Bruno hasta qué punto estaba loca Gretel? Quizá creyera que las muñecas le hablaban.

Por otra parte, Shmuel era su amigo, no de Gretel, y no quería compartirlo con ella. Sólo podía hacer una cosa: mentir.

—Tengo un amigo nuevo —empezó—. Un amigo nuevo al que veo todos los días. Y ahora debe de estar esperándome. Pero no puedes contárselo a nadie.

—¿Por qué?

—Porque es un amigo imaginario —respondió Bruno, intentando parecer turbado, para lo cual imitó la expresión del teniente Kotler cuando se había visto enredado en la historia de su padre emigrado a Suiza—. Jugamos juntos todos los días.

Gretel abrió la boca, se quedó mirándolo y luego se echó a reír.

—¡Un amigo imaginario! —exclamó—. ¿No eres un poco mayor para tener amigos imaginarios?

Bruno intentó fingir vergüenza y turbación para resultar más convincente. Agachó la cabeza y esquivó la mirada de su hermana, y pareció dar resultado. A lo mejor no era tan mal actor como creía. Intentó ruborizarse, pero aquello era más difícil, así que pensó en cosas vergonzosas que le habían pasado a lo largo de los años con la esperanza de conseguirlo.

Pensó en la vez que había olvidado echar el pestillo del lavabo y la Abuela había entrado cuando él estaba sentado en el váter. Pensó en la vez que había levantado la mano en clase y llamado «Madre» al maestro y todo el mundo se había reído de él. Pensó en la vez que se había caído de la bicicleta delante de un grupo de niñas al intentar una acrobacia y se había hecho daño en la rodilla y había llorado.

Alguna de aquellas cosas funcionó y empezó a sonrojarse.

—Vaya —se asombró Gretel—. Te has puesto colorado y todo.

—Porque no quería contártelo —dijo Bruno.

—Un amigo imaginario. Desde luego, Bruno, eres tonto de remate.

Bruno sonrió porque sabía dos cosas: una, que Gretel se había tragado su mentira; y dos, que si allí había algún tonto de remate, no era él.

—Déjame en paz —dijo—. Estoy leyendo, ¿vale?

—¿Por qué no cierras los ojos y dejas que tu amigo imaginario te lea el libro? —repuso Gretel, contenta de haber encontrado algo con que martirizar a su hermano—. Así no te cansarás tanto.

—A lo mejor le digo que tire todas tus muñecas por la ventana —dijo Bruno.

—Si haces eso te arrepentirás —replicó Gretel, y Bruno comprendió que lo decía en serio—. Cuéntame, ¿qué hacéis tu amigo imaginario y tú?

Bruno pensó un momento. Le apetecía hablar un poco de Shmuel y le pareció que aquélla podía ser una buena manera de hacerlo sin tener que revelar la verdad.

—Hablamos de muchas cosas —contestó—. Yo le cuento cómo era nuestra casa de Berlín, y las otras casas y las calles y los puestos de fruta y verdura y las cafeterías, y que no podías ir al centro los sábados por la tarde porque la gente te empujaba; y de Karl y Daniel y Martin, que eran mis tres mejores amigos para toda la vida.

—Qué interesante —dijo Gretel con sarcasmo, porque hacía poco había cumplido trece años y creía que el sarcasmo era el colmo de la sofisticación—. ¿Y qué te cuenta él?

—Me habla de su familia y del piso que tenían encima de la relojería y de sus aventuras para venir aquí y de los amigos que tenía y de la gente que conoce aquí y de los niños con que jugaba pero con los que ya no juega porque desaparecieron sin despedirse de él.

—Vaya, suena divertidísimo —ironizó Gretel—. Ojalá fuera mi amigo imaginario.

—Y ayer me contó que hace varios días que no ven a su abuelo y que nadie sabe dónde está y que cuando pregunta por él su padre se echa a llorar y lo abraza tan fuerte que le da miedo que lo espachurre.

Bruno llegó al final de la frase con la voz casi convertida en un susurro. Aquéllas eran cosas que le contaba Shmuel, pero, por algún motivo, hasta entonces no había advertido lo tristes que debían de ser para su amigo. Al decirlas en voz alta, de repente se sintió muy mal por no haber intentado animar a Shmuel en lugar de ponerse a hablar de tonterías, como jugar a los exploradores. «Mañana le pediré perdón», se dijo.

—Si Padre se entera de que hablas con amigos imaginarios, te caerá una buena —dijo Gretel—. Creo que deberías dejarlo.

—¿Por qué? —preguntó Bruno.

—Porque no es sano. Es el primer síntoma de la locura.

El niño asintió con la cabeza.

—Me parece que no puedo dejarlo —dijo tras una pausa—. Me parece que no quiero.

—Bueno, tú verás —dijo Gretel, cada vez más simpática—. Yo en tu lugar no se lo contaría a nadie.

—Bueno —repuso Bruno fingiendo tristeza—, supongo que tienes razón. No se lo dirás a nadie, ¿verdad?

Gretel negó con la cabeza.

—A nadie. Sólo a mi amiga imaginaria.

Bruno soltó un gritito de asombro.

—¿Tú también tienes una? —preguntó, e imaginó a su hermana en otro tramo de la alambrada hablando con una niña de su edad, compartiendo sarcasmos durante horas.

—Es broma —dijo ella riendo—. ¡Por favor, pero si tengo trece años! No puedo comportarme como una cría.

Y dicho aquello, salió muy airosa de la habitación. Bruno la oyó hablar con sus muñecas en el dormitorio del otro lado del pasillo y regañarlas por haber armado tanto jaleo durante su ausencia, puesto que ahora ella tendría que volver a ordenarlo todo, como si no tuviera nada mejor que hacer.

—¡Desde luego...! —suspiró el niño.

Intentó concentrarse de nuevo en la lectura, pero había perdido el interés y se quedó contemplando la lluvia y preguntándose si Shmuel, dondequiera que estuviera, estaría pensando en él y si también echaría de menos sus conversaciones.

# 15

## Una cosa que no debería haber hecho

Durante varias semanas estuvo lloviendo de manera intermitente, y Bruno y Shmuel no se vieron tanto como les habría gustado. Pero aun así se vieron, y Bruno empezó a preocuparse por su amigo porque cada día lo veía más delgado y más pálido. Solía llevarle pan y queso, y de vez en cuando hasta conseguía esconder un trozo de pastel de chocolate en su bolsillo, pero la caminata desde la casa hasta el tramo de alambrada donde se encontraban era larga, y a veces a Bruno le entraba hambre por el camino y tomaba un bocado de pastel, y un bocado llevaba a otro, y luego a otro, y cuando sólo quedaba un pedacito pensaba que no estaría bien dárselo a Shmuel porque no conseguiría saciar su hambre, sólo engañarla.

Se estaba acercando el cumpleaños de Padre y, aunque él decía que no quería celebrarlo, Madre organizó una fiesta para todos los oficiales que servían en Auchviz y había mucho ajetreo para prepararla.

Cada vez que Madre se sentaba a la mesa para hacer más planes para la fiesta, el teniente Kotler estaba a su lado para ayudarla, y daba la impresión de que entre los dos hacían más listas de las necesarias.

Bruno decidió redactar su propia lista. Una lista de todas las razones por las que no le caía bien el teniente Kotler.

En primer lugar, el hecho de que nunca sonreía y siempre parecía estar buscando a alguien a quien estropearle el día. Luego, el hecho de que, en las raras ocasiones en que hablaba con Bruno, el teniente lo llamaba «jovencito», algo sumamente desagradable, sobre todo teniendo en cuenta que, como señalaba Madre, el soldado todavía no había dado el estirón. También, el hecho de que se pasaba horas bromeando con Madre en el salón, y ésta le reía las gracias más que a Padre.

Asimismo, Bruno recordaba el día que un perro se acercó a la alambrada y se puso a ladrar: cuando lo oyó, el teniente Kotler fue derecho hacia el animal y le pegó un tiro. Y también estaban todas aquellas tonterías que hacía Gretel siempre que él andaba cerca. Y no había olvidado lo furioso que se había puesto el teniente con Pavel, el camarero que en realidad era médico, en aquella cena.

Además, siempre que Padre tenía que ir a Berlín y pasar allí la noche, el teniente se quedaba en la casa como si él estuviera al mando: todavía no se había marchado cuando Bruno iba a acostarse y ya había vuelto por la mañana antes de que él se despertara.

Había muchas razones más por las que no le caía bien el teniente Kotler, pero aquéllas fueron las que se le ocurrieron primero.

La tarde anterior a la fiesta de cumpleaños, Bruno estaba en su habitación con la puerta abierta cuando oyó llegar a Kotler y hablar con alguien, aunque no oyó que nadie le contestara. Unos minutos más tarde, cuando Bruno bajó, oyó a Madre dando instrucciones de lo que había que hacer y al teniente diciendo «No te preocupes, ése sabe lo que le conviene», y luego riendo de una forma muy desagradable.

Bruno fue hacia el salón con un libro nuevo que le había regalado Padre, titulado *La isla del tesoro*, con la intención de quedarse una hora o dos allí leyendo, pero cuando atravesaba el recibidor tropezó con el teniente, que en ese momento salía de la cocina.

—Hola, jovencito —dijo Kotler sonriéndole con sorna, como solía hacer.

—Hola —contestó Bruno arrugando la frente.

—¿Qué haces?

El niño se quedó mirándolo y empezó a pensar en siete razones más por las que el teniente no le caía bien.

—Voy a leer un rato —dijo señalando el salón.

Sin decir palabra, Kotler le arrebató el libro y se puso a hojearlo.

—*La isla del tesoro* —leyó—. ¿De qué trata?

—Pues hay una isla —respondió Bruno despacio, para asegurarse de que el soldado le seguía—. Y en la isla hay un tesoro.

—Eso ya me lo imagino —dijo Kotler, mirándolo como si cavilara los tormentos que le infligiría si fuera su hijo y no el del comandante—. Cuéntame algo que no sepa.
—También hay un pirata. Se llama John *Long* Silver. Y un niño que se llama Jim Hawkins.
—¿Un niño inglés? —preguntó Kotler.
—Sí.
—Puaj —gruñó Kotler.
Bruno se quedó mirándolo, preguntándose cuánto tardaría en devolverle su libro. No parecía muy interesado en él, pero, cuando Bruno quiso recuperarlo, Kotler lo apartó.
—Lo siento —dijo, tendiéndoselo, pero cuando Bruno intentó agarrarlo, el teniente lo apartó por segunda vez—. ¡Ay!, lo siento —repitió, tendiéndoselo de nuevo, aunque esa vez Bruno se lo arrebató antes de que el teniente pudiera apartarlo—. Eres rápido —masculló.
Bruno intentó reanudar su camino pero, por algún motivo, aquel día al teniente le apetecía fastidiarlo.
—Estamos preparados para la fiesta, ¿no? —comentó.
—Bueno, yo sí —replicó Bruno, que últimamente pasaba más tiempo con Gretel y estaba empezando a aficionarse al sarcasmo—. Usted, no lo sé.
—Vendrá mucha gente —dijo Kotler, respirando hondo y mirando alrededor como si aquélla fuera

su casa y no la de Bruno—. Nos portaremos muy bien, ¿verdad?

—Bueno, yo sí —repitió Bruno—. Usted, no lo sé.

—Hablas mucho para ser tan pequeño.

Bruno entornó los ojos y lamentó no ser más alto, más fuerte y ocho años mayor. Una bola de rabia explotó en su interior y deseó tener el valor para decir exactamente lo que quería decir. Una cosa era que Madre y Padre te dijeran lo que tenías que hacer (eso era razonable y lógico), pero otra muy diferente que te lo dijera otra persona, aunque esa persona tuviera un título rimbombante como «teniente».

—Ah, Kurt, querido, todavía estás aquí —dijo Madre saliendo de la cocina—. Ahora tengo un poco de tiempo, si... ¡Oh! —exclamó al ver a su hijo—. ¡Bruno! ¿Qué haces aquí?

—Iba al salón a leer mi libro. O al menos eso intentaba.

—Bueno, de momento ve a la cocina —dijo ella—. Necesito hablar en privado con el teniente Kotler.

Entraron juntos en el salón y Kotler cerró las puertas en las narices de Bruno.

Hirviendo de rabia, el niño fue a la cocina y se llevó la mayor sorpresa de su vida. Allí, sentado a la mesa, muy lejos del otro lado de la alambrada, estaba Shmuel. Bruno no daba crédito a sus ojos.

—¡Shmuel! —exclamó—. Pero... ¿qué haces aquí?

Shmuel levantó la vista y al ver a su amigo sonrió de oreja a oreja, borrando el miedo de su rostro.

—¡Bruno! —dijo.

—¿Qué haces aquí? —repitió Bruno, pues, aunque seguía sin comprender qué pasaba al otro lado de la alambrada, intuía que los que vivían allí no debían entrar en su casa.

—Me ha traído él —dijo Shmuel.

—¿Él? ¿Te refieres al teniente Kotler?

—Sí. Dijo que aquí había un trabajo para mí.

Bruno bajó la vista y vio sesenta y cuatro vasitos, los que Madre utilizaba cuando se tomaba uno de sus licores medicinales, encima de la mesa de la cocina, junto a un cuenco de agua caliente con jabón y un montón de servilletas de papel.

—¿Qué haces? —preguntó.

—Me han pedido que limpie estos vasos. Dicen que debe hacerlo alguien con los dedos muy pequeños.

Y como si quisiera demostrar algo que su amigo ya sabía, levantó una mano y Bruno no pudo evitar fijarse en que parecía la mano del esqueleto de mentira que herr Liszt había llevado para la lección de anatomía.

—Nunca me había fijado —musitó con incredulidad.

—¿Nunca te habías fijado en qué? —preguntó Shmuel.

A modo de respuesta, Bruno levantó una mano y la acercó a la de Shmuel hasta que las yemas de sus dedos corazón casi se tocaron.

—En nuestras manos —dijo—. Son muy diferentes. ¡Mira!

Los dos niños miraron al mismo tiempo; la diferencia saltaba a la vista. Aunque Bruno era bajito para su edad y no tenía nada de gordo, su mano parecía sana y llena de vida. Las venas no se traslucían; los dedos no parecían ramitas secas. En cambio, la mano de Shmuel sugería cosas muy diferentes.

—¿Cómo es que se te ha puesto así? —preguntó Bruno.

—No lo sé. Antes se parecía más a la tuya, pero yo no he notado que cambiara. En mi lado de la alambrada todos tienen las manos así.

Bruno frunció el entrecejo. Pensó en la gente del pijama de rayas y se preguntó qué estaba pasando en Auchviz. A lo mejor algo no funcionaba bien, porque la gente tenía un aspecto muy poco saludable. No entendía nada, pero tampoco quería seguir mirando la mano de Shmuel. Se dio la vuelta, abrió la nevera y empezó a revolver buscando algo de comer. Encontró medio pollo relleno que había sobrado de la comida, y a Bruno se le iluminó la cara porque existían pocas cosas que le gustaran más que el pollo frío relleno de salvia y cebolla. Agarró un cuchillo del cajón y cortó unos buenos trozos que luego cubrió de relleno, antes de volverse hacia su amigo.

—Me alegro mucho de verte —dijo con la boca llena—. Es una lástima que tengas que limpiar los vasos. Si no, te enseñaría mi habitación.

—Me ha advertido que no me mueva de esta silla si no quiero tener problemas.

—Yo no le haría mucho caso —repuso Bruno intentando aparentar más valor del que sentía—. Ésta no es su casa, es mi casa, y cuando Padre no está, aquí mando yo. ¿Puedes creer que ni siquiera ha leído *La isla del tesoro*?

Shmuel no le estaba prestando mucha atención: tenía los ojos fijos en los trozos de pollo que Bruno iba engullendo con toda tranquilidad. Pasados unos momentos, éste lo advirtió y se sintió culpable.

—Lo siento, Shmuel —se apresuró a decir—. Debería haberte ofrecido pollo. ¿Tienes hambre?

—Esa pregunta sólo tiene una respuesta —dijo Shmuel, que, aunque no conocía a Gretel, también sabía hablar con sarcasmo.

—Espera, voy a servirte un poco —dijo Bruno; abrió la nevera y cortó otros tres buenos trozos.

—No, no. Si vuelve... —susurró Shmuel, mirando con aprensión hacia la puerta.

—Si vuelve ¿quién? ¿El teniente Kotler?

—Se supone que tengo que limpiar los vasos y nada más —dijo, mirando con desesperación el cuenco de agua jabonosa y luego volviendo a mirar los trozos de pollo que Bruno le ofrecía.

—Seguro que no le importa —repuso Bruno, un poco desconcertado por el nerviosismo de Shmuel—. Sólo es comida.

—No puedo —dijo Shmuel, sacudiendo la cabeza. Daba la impresión de que iba a echarse a llorar en cualquier momento—. Volverá, estoy seguro —continuó—. Debí comérmelo en cuanto me lo has ofrecido, pero ahora ya es demasiado tarde, si lo cojo entrará y...

—¡Basta, Shmuel! Ten —dijo Bruno, y le puso los trozos de pollo en la mano—. Cómetelo. Queda mucho para la merienda. Por eso no tienes que preocuparte.

El niño contempló un momento la comida que tenía en la mano y luego miró a Bruno con los ojos muy abiertos, con una expresión que denotaba agradecimiento y también terror. Echó una última ojeada a la puerta y entonces tomó una decisión: se metió de golpe los tres trozos de pollo en la boca y se los zampó en sólo veinte segundos.

—Oye, no hace falta que comas tan deprisa —dijo Bruno—. Te va a sentar mal.

—No me importa —dijo Shmuel esbozando una sonrisa—. Gracias, Bruno.

Su amigo le devolvió la sonrisa y estaba a punto de ofrecerle más comida, pero en ese preciso instante el teniente entró en la cocina y se paró en seco al verlos hablando. Bruno lo miró fijamente y notó cómo la atmósfera se cargaba de tensión; Shmuel se encorvó, cogió otro vaso y se puso a limpiarlo. Kotler, ignorando a Bruno, fue hacia Shmuel y lo fulminó con la mirada.

—¿Qué haces? —le gritó—. ¿No te he dicho que limpiaras estos vasos?

Shmuel asintió rápidamente con la cabeza y empezó a temblar un poco mientras cogía otra servilleta y la mojaba en el agua del cuenco.

—¿Quién te ha dado permiso para hablar en esta casa? —continuó Kotler—. ¿Te atreves a desobedecerme?

—No, señor —dijo Shmuel con voz queda—. Lo siento, señor.

Levantó la cabeza y miró al teniente, que frunció el entrecejo, se inclinó un poco y ladeó la cabeza como si examinara la cara del niño.

—¿Has estado comiendo? —preguntó en voz baja, como si ni él mismo pudiera creerlo.

Shmuel negó con la cabeza.

—Sí, has estado comiendo —insistió Kotler—. ¿Has robado algo de la nevera?

Shmuel abrió la boca y la cerró. Volvió a abrirla e intentó decir algo, pero no había nada que decir. Miró a Bruno suplicándole ayuda.

—¡Contéstame! —gritó el teniente—. ¿Has robado algo de la nevera?

—No, señor. Me lo ha dado él —respondió Shmuel con lágrimas en los ojos, mirando de soslayo a Bruno—. Es mi amigo —añadió.

—¿Tu...? —El teniente miró a Bruno, desconcertado. Vaciló un momento y preguntó—: ¿Cómo que es tu amigo? ¿Conoces a este niño, Bruno?

Bruno abrió la boca e intentó recordar cómo tenía que mover los labios para pronunciar la palabra «sí». Nunca había visto a nadie tan aterrado como Shmuel en aquel momento y quería decir algo para arreglar la situación, pero no podía, porque estaba tan aterrado como su amigo.

—¿Conoces a este niño? —repitió Kotler subiendo la voz—. ¿Has estado hablando con los prisioneros?

—Yo... Él estaba aquí cuando he entrado —dijo Bruno—. Estaba limpiando esos vasos.

—Eso no es lo que te he preguntado —puntualizó Kotler—. ¿Lo habías visto antes? ¿Habías hablado con él? ¿Por qué dice que eres amigo suyo?

A Bruno le habría gustado echar a correr. Odiaba al teniente Kotler, pero éste se estaba acercando y él sólo podía pensar en la tarde que lo había visto pegarle un tiro a un perro y en la noche que Pavel lo había hecho enfadarse tanto que...

—¡Contéstame, Bruno! —ordenó Kotler, con la cara cada vez más colorada—. No te lo preguntaré una tercera vez.

—Nunca había hablado con él —contestó Bruno—. No lo había visto en mi vida. No lo conozco.

El teniente asintió y pareció satisfecho. Muy lentamente, volvió la cabeza y miró a Shmuel, que ya no lloraba sino que tenía los ojos fijos en el suelo; parecía tratar de convencer a su alma para que saliera de su cuerpecito, flotara hacia la puerta y se elevara por el cielo, deslizándose a través de las nubes hasta estar muy lejos de allí.

—Ahora vas a terminar de limpiar esos vasos —dijo entonces el teniente Kotler con voz muy queda, tanto que Bruno casi no lo oyó. Era como si toda su rabia se hubiera convertido en otra cosa. No exactamente en lo contrario, sino en algo desconocido y aterrador—. Luego vendré a buscarte y te llevaré de vuelta al campo, donde hablaremos de lo que les pasa a los niños que roban. ¿Me has entendido?

Shmuel asintió con la cabeza, cogió otra servilleta y se puso a limpiar otro vaso; Bruno vio cómo le temblaban los dedos y comprendió que temía romper el vaso. Bruno estaba destrozado, pero aunque quisiera no podía desviar la mirada.

—Vamos, jovencito —dijo Kotler, pasándole su odioso brazo por los hombros—. Ve al salón, ponte a leer y deja que este asqueroso termine su trabajo. —Utilizó la misma palabra que había utilizado con Pavel cuando lo había enviado a buscar un neumático.

Bruno asintió, se dio la vuelta y salió de la cocina sin mirar atrás. Tenía el estómago revuelto y por un momento temió vomitar. Jamás se había sentido tan avergonzado; nunca había imaginado que podría comportarse de un modo tan cruel. Se preguntó cómo podía ser que un niño que se tenía por una buena persona pudiera actuar de forma tan cobarde con un amigo suyo. Se sentó en el salón y estuvo allí varias horas, pero no podía concentrarse en su libro. No se atrevió a volver a la cocina hasta mucho más tarde, por la noche, cuando el teniente ya se había llevado a Shmuel.

Después de aquel día, todas las tardes Bruno volvía al tramo de alambrada donde solían encontrarse, pero Shmuel nunca estaba allí. Pasó casi una semana y Bruno estaba convencido de que su comportamiento había sido tan terrible que Shmuel nunca lo perdonaría, pero el séptimo día se llevó una gran alegría al ver que su amigo lo estaba esperando sentado en el suelo con las piernas cruzadas, como de costumbre, y con la vista clavada en el polvo.

—Shmuel —dijo, corriendo hacia él y sentándose. Casi lloraba de alivio y arrepentimiento—. Lo siento mucho, Shmuel. No sé por qué lo hice. Di que me perdonas.

—No pasa nada —dijo Shmuel, mirándolo. Tenía la cara cubierta de cardenales.

Bruno se estremeció y por un momento olvidó sus disculpas.

—¿Qué te ha pasado? —preguntó, pero no esperó a que Shmuel contestara—. ¿Te has caído de la bicicleta? A mí me pasó una vez en Berlín, hace un par de años. Me caí porque iba demasiado rápido y estuve lleno de cardenales varias semanas. ¿Te duele?

—Ya no lo noto —dijo Shmuel.

—Debe de dolerte.

—Ya no noto nada.

—Oye, siento lo de la semana pasada. Odio al teniente Kotler. Se cree que manda él, pero se equivoca. —Vaciló un momento, porque no quería desviarse del tema. Sentía que debía decirlo una vez más de todo corazón—. Lo siento mucho, Shmuel —repitió con voz clara—. No puedo creer que no le dijera la verdad. Nunca le había vuelto la espalda a un amigo mío. Me avergüenzo de mí mismo, Shmuel.

Shmuel sonrió y asintió con la cabeza. Entonces Bruno supo que lo había perdonado. A continuación, Shmuel hizo algo que nunca había hecho: levantó la base de la alambrada como hacía cuando Bruno le llevaba comida, pero aquella vez metió la mano por el hueco y la dejó allí, esperando a que Bruno hiciera lo mismo, y entonces los dos niños se estrecharon la mano y se sonrieron.

Era la primera vez que se tocaban.

# 16

## El corte de pelo

Hacía casi un año que Bruno había llegado a su casa y encontrado a Maria recogiendo sus cosas. Sus recuerdos de la vida en Berlín casi se habían esfumado. Cuando hacía memoria, recordaba que Karl y Martin eran dos de sus tres mejores amigos para toda la vida, pero por mucho que se esforzara no lograba recordar cómo se llamaba el otro. Y entonces sucedió algo que hizo que pudiera salir de Auchviz durante dos días y regresar a su antigua casa: la Abuela había muerto y la familia debía volver a Berlín para el funeral.

Allí Bruno se dio cuenta de que ya no era tan bajito como cuando se había marchado, porque podía ver por encima de cosas que antes le tapaban la vista, e incluso en su antigua casa comprobó que podía mirar por la ventana de la buhardilla y contemplar todo Berlín sin necesidad de ponerse de puntillas.

El niño no había visto a su abuela desde su partida de Berlín, pero había pensado en ella todos los días. Lo que mejor recordaba eran las obras de teatro que representaban el día de Navidad y en los cumpleaños, y que la Abuela siempre tenía el disfraz perfecto para el papel que a Bruno le correspondía interpretar. Cuando pensó que nunca volverían a hacer aquello, se puso muy triste.

Los dos días que pasaron en Berlín también fueron tristes. Se celebró el funeral, y Bruno, Gretel, Padre, Madre y el Abuelo se sentaron en primera fila; Padre llevaba su uniforme más impresionante, el almidonado y planchado con las condecoraciones. Madre explicó a Bruno que Padre era quien estaba más triste, porque había discutido con la Abuela y no habían hecho las paces antes de que ella muriera.

Se enviaron muchas coronas a la iglesia y Padre estaba orgulloso de que una de ellas la hubiera mandado el Furias. Cuando lo oyó, Madre dijo que la Abuela se revolvería en la tumba si se enterase.

Bruno casi se alegró cuando regresaron a Auchviz. La casa nueva ya se había convertido en su hogar, el niño había dejado de preocuparse porque sólo tuviera tres plantas y no cinco, y ya no le molestaba tanto que los soldados entraran y salieran como si fuese su casa. Poco a poco fue aceptando que al fin y al cabo no estaba tan mal vivir allí, sobre todo desde que conocía a Shmuel. Sabía que había muchas cosas por las que debería alegrarse, entre ellas el que Padre y Madre parecieran siempre contentos y ella ya no tuviera que echar tantas siestas ni tomar tantos licores medicinales. Y Gretel tenía una mala racha —así lo llamaba Madre— y no se metía mucho con su hermano.

Además, al teniente Kotler lo habían destinado a otro sitio y ya no estaba en Auchviz para hacer enfadar y fastidiar a Bruno continuamente. (Su marcha había sido muy repentina, y aquel día Padre y Madre habían mantenido una acalorada discusión a altas horas de la noche, pero se había marchado, eso seguro, y no iba a volver; Gretel estaba inconsolable.) Así pues, otra cosa de la que alegrarse: ya nadie lo llamaba «jovencito».

Pero lo mejor era que Bruno tenía un amigo que se llamaba Shmuel.

Le encantaba echar a andar por la alambrada todas las tardes y se alegraba de ver que su amigo parecía mucho más contento últimamente y que ya no tenía los ojos tan hundidos, aunque seguía teniendo el cuerpo extremadamente delgado y la cara de una palidez muy desagradable.

Un día, mientras estaba sentado frente a Shmuel en el sitio de siempre, Bruno observó:

—Ésta es la amistad más rara que he tenido jamás.

—¿Por qué? —preguntó Shmuel.

—Porque con todos los otros niños que eran amigos míos podía jugar. Y nosotros nunca jugamos. Lo único que hacemos es sentarnos aquí y hablar.

—A mí me gusta sentarme aquí y hablar —dijo Shmuel.

—Sí, a mí también, claro. Pero es una lástima que no podamos hacer algo más emocionante de vez en cuando. Jugar a los exploradores, por ejemplo. O al fútbol. Ni siquiera nos hemos visto sin esta alambrada de por medio.

Bruno solía hacer comentarios así para aparentar que el incidente ocurrido unos meses atrás, cuando negó su amistad con Shmuel, no había sucedido nunca. Era un asunto que seguía preocupándole y que le hacía sentirse mal, aunque Shmuel, dicho sea en su honor, parecía haberlo olvidado por completo.

—Quizá podamos jugar algún día —dijo Shmuel—. Si nos dejan salir de aquí.

Bruno empezó a pensar más y más en los dos lados de la alambrada y en su razón de ser. Se planteó hablar con Padre o Madre acerca de ello, pero sospechaba que o bien se enfadarían o bien le dirían algo desagradable acerca de Shmuel y su familia, así que hizo algo muy inusual: decidió hablar con la tonta de remate.

La habitación de Gretel había cambiado bastante desde la última vez que Bruno había estado en ella. Para empezar, no había ni una sola muñeca a la vista. Una tarde, cerca de un mes atrás, por el tiempo en que el teniente Kotler se marchó de Auchviz, Gretel había decidido que ya no le gustaban las muñecas y las había tirado. En su lugar había colgado unos mapas de Europa que Padre le había regalado, y todos los días clavaba alfileres en ellos y desplazaba los alfileres constantemente tras consultar el periódico. Bruno pensaba que debía de estar volviéndose loca. Sin embargo, no se burlaba de él ni lo intimidaba tanto como antes, de modo que Bruno creyó que no sería peligroso hablar con ella.

—Hola —dijo llamando con educación a la puerta; sabía lo furiosa que se ponía si entraba sin llamar.

—¿Qué quieres? —le preguntó Gretel, que estaba sentada ante el tocador haciendo experimentos con su pelo.

—Nada.

—Pues vete.

Bruno asintió con la cabeza, aunque entró en la habitación y se sentó en el borde de la cama. Ella lo miró de reojo, pero no dijo nada.

—Gretel —se decidió el niño al cabo de un rato—, ¿puedo preguntarte una cosa?

—Si te das prisa, sí —contestó ella.

—Aquí en Auchviz todo es... —empezó, pero su hermana lo interrumpió de inmediato.

—No se llama Auchviz, Bruno —dijo con enojo, como si aquél fuera el peor error cometido en la historia mundial—. ¿Por qué no lo pronuncias bien?

—Se llama Auchviz —protestó él.

—No, no se llama así —insistió ella, pronunciando correctamente el nombre del campo.

Bruno frunció el entrecejo y se encogió de hombros.

—Pero si eso es lo que he dicho —dijo.

—No, no has dicho eso. Pero da igual, no voy a discutir contigo —repuso Gretel, que ya estaba perdiendo la paciencia (porque tenía muy poca)—. Bueno, ¿qué pasa? ¿Qué quieres saber?

—Quiero saber qué es esa alambrada —dijo Bruno con firmeza, decidiendo que aquello era lo más importante, al menos para empezar—. Quiero saber por qué está ahí.

Gretel se dio la vuelta en la silla y miró a su hermano con curiosidad.

—Pero ¿cómo? ¿No lo sabes?

—No. No entiendo por qué no nos dejan ir al otro lado. ¿Qué nos pasa para que no podamos ir allí a jugar?

Su hermana lo miró fijamente y de pronto se echó a reír, y no paró hasta que vio que Bruno seguía con expresión muy seria.

—Bruno —dijo entonces con infinita paciencia, como si no hubiera en el mundo nada más evidente que aquello—, la alambrada no está ahí para impedir que nosotros vayamos al otro lado. Está para impedir que ellos vengan aquí.

El niño reflexionó sobre aquello, pero no sacó nada en claro.

—Pero ¿por qué? —preguntó.

—Porque hay que mantenerlos juntos —explicó Gretel.

—¿Con sus familias, quieres decir?

—Bueno, sí, con sus familias. Pero también con los de su clase.

—¿Qué quieres decir?

Gretel suspiró y sacudió la cabeza.

—Con los otros judíos, Bruno. ¿No lo sabías? Por eso hay que mantenerlos juntos. No pueden mezclarse con nosotros.

—Judíos —repitió Bruno, experimentando con la palabra. Le gustaba cómo sonaba—. Judíos —repitió—. Toda la gente que hay al otro lado de la alambrada es judía.

—Exacto —confirmó Gretel.

—¿Nosotros somos judíos?

Gretel abrió la boca como si le hubieran dado una bofetada.

—No, Bruno —exclamó quedamente—. No, claro que no. Y eso no deberías ni insinuarlo.

—¿Por qué? Entonces ¿qué somos nosotros?

—Nosotros somos... —empezó Gretel, pero tuvo que pararse a pensar—. Nosotros somos... —repitió, pues no estaba muy segura de la respuesta—. Mira, nosotros no somos judíos —dijo al final.

—Eso ya lo sé —replicó Bruno con frustración—. Lo que te pregunto es qué somos, si no somos judíos.

—Somos lo contrario —dijo Gretel rápidamente, y se quedó muy satisfecha con su respuesta—. Sí, eso es. Nosotros somos lo contrario.

—Ah, vale. —Bruno se alegró de entenderlo por fin—. Y los contrarios vivimos en este lado de la alambrada y los judíos viven en el otro.

—Exacto, Bruno.

—¿Es que a los judíos no les gustan los contrarios?

—No; es a nosotros a quienes no nos gustan ellos, estúpido.

Bruno frunció el entrecejo. A Gretel le habían dicho infinidad de veces que no debía llamar estúpido a su hermano, pero aun así ella seguía haciéndolo.

—Ah. ¿Y por qué no nos gustan? —preguntó.

—Porque son judíos.

—Ya entiendo. Los contrarios y los judíos no se llevan bien.

—Exacto —dijo Gretel, que había descubierto algo raro en su pelo y estaba examinándolo minuciosamente.

—Entonces ¿por qué no va alguien a hablar con ellos y...?

Bruno no pudo terminar la frase porque Gretel soltó un grito desgarrador, un grito que despertó a Madre de su siesta y la hizo irrumpir en la habitación para averiguar cuál de sus dos hijos había matado al otro.

Mientras hacía experimentos con su pelo, Gretel había encontrado un huevo diminuto, no más grande que la cabeza de un alfiler. Se lo enseñó a Madre, que le examinó el cabello separando rápidamente finos mechones; luego hizo lo mismo con Bruno.

—No puedo creerlo —dijo Madre, enfadada—. Ya sabía yo que pasaría algo así en un sitio como éste.

Resultó que tanto Gretel como Bruno tenían piojos. A Gretel tuvieron que lavarle el pelo con un champú especial que olía muy mal y después la niña se pasó varias horas seguidas en su habitación, llorando a lágrima viva.

A Bruno también le pusieron aquel champú, pero luego Padre decidió que lo mejor era empezar desde cero, así que buscó una navaja de afeitar y le rasuró la cabeza; Bruno no pudo contener las lágrimas.

Fue todo muy rápido; le horrorizaba ver cómo todo su pelo caía flotando de su cabeza y aterrizaba en el suelo, junto a sus pies, pero Padre dijo que había que hacerlo.

Después Bruno se miró en el espejo del cuarto de baño y sintió ganas de vomitar. Ahora que estaba calvo, su cabeza tenía un aire deforme y sus ojos parecían demasiado grandes para su cara. Casi le daba miedo su reflejo.

—No te preocupes —lo tranquilizó Padre—. Ya volverá a crecer. Sólo tardará unas semanas.

—Esto ha pasado por culpa de toda la porquería que hay aquí —se quejó Madre—. No entiendo cómo ciertas personas no se dan cuenta del efecto que este lugar está teniendo sobre nosotros.

Cuando se vio en el espejo, Bruno no pudo evitar pensar cuánto se parecía a Shmuel, y se preguntó si todos los del otro lado de la alambrada tendrían también piojos y por eso los habían rapado.

Al día siguiente, cuando vio a su amigo, Shmuel se echó a reír de su aspecto, lo cual no ayudó a que Bruno recuperara su mermada autoestima.

—Me parezco a ti —dijo Bruno con tristeza, como si aquello fuera algo terrible de admitir.

—Sí, aunque más gordo —reconoció Shmuel.

## 17

## Madre se sale con la suya

Durante las semanas siguientes Madre parecía más y más descontenta con la vida en Auchviz y Bruno entendía perfectamente a qué se debía su desazón. Al fin y al cabo, cuando llegaron allí él también odió aquel lugar, debido a que no podía compararse con su casa de Berlín y a que echaba de menos muchas cosas, como a sus tres mejores amigos para toda la vida. Pero con el tiempo la situación había cambiado, sobre todo gracias a Shmuel, que se había convertido para él en una persona más importante de lo que Karl, Daniel o Martin lo habían sido nunca. Pero Madre no tenía ningún Shmuel. No tenía nadie con quien hablar, y la única persona con la que había trabado alguna amistad, el joven teniente Kotler, había sido destinada a otro sitio.

Aunque intentaba no ser como los niños que se dedican a escuchar por el ojo de la cerradura y por las chimeneas, una tarde Bruno pasó por delante del despacho de Padre mientras Madre y Padre estaban dentro manteniendo una de sus conversaciones. Bruno no quería escuchar a hurtadillas, pero sus padres hablaban en voz tan alta que de todos modos los oyó.

—Es horrible —decía Madre—. Horrible. Ya no lo soporto.

—No tenemos alternativa —replicó Padre—. Ésta es nuestra misión y...

—No, ésta es tu misión —lo cortó Madre—. Tu misión, no la nuestra. Si quieres, puedes quedarte aquí.

—¿Y qué pensará la gente si permito que tú y los niños volváis a Berlín sin mí? —replicó Padre—. Harán preguntas sobre mi compromiso con el trabajo que desempeño aquí.

—¿Trabajo? —gritó Madre—. ¿A esto llamas trabajo?

Bruno no oyó mucho más porque las voces se estaban acercando a la puerta y siempre cabía la posibilidad de que Madre saliera hecha una furia en busca de licor medicinal, así que subió la escalera a toda prisa. Sin embargo, había oído suficiente para saber que tal vez regresaran a Berlín, y le sorprendió comprobar que no sabía qué sentir al respecto.

Recordaba que le encantaba vivir en Berlín, pero allí debían de haber cambiado mucho las cosas. Seguramente Karl y sus otros dos mejores amigos para toda la vida cuyos nombres no conseguía recordar ya se habrían olvidado de él. La Abuela había muerto y casi nunca tenían noticias del Abuelo, que, según decía Padre, ya chocheaba.

Pero Bruno se había acostumbrado a la vida en Auchviz: no le importaba tener que aguantar a herr Liszt, se llevaba muy bien con Maria —mucho mejor que cuando vivían en Berlín—, Gretel seguía con su mala racha y lo dejaba en paz (y ya no parecía tan tonta de remate), y sus tardes conversando con Shmuel lo llenaban de alegría.

Bruno no sabía cómo sentirse y decidió que, pasara lo que pasase, aceptaría la decisión sin protestar.

Durante unas semanas nada cambió; la vida seguía su curso con normalidad. Padre pasaba la mayor parte del tiempo en su despacho o al otro lado de la alambrada. Madre estaba muy callada durante el día y echaba más siestas, a veces incluso antes de comer (Bruno estaba preocupado por su salud, porque no conocía a nadie que necesitara tomar tanto licor medicinal). Gretel se quedaba en su habitación concentrada en los diversos mapas que había colgado en las paredes; consultaba los periódicos durante horas antes de desplazar un poco los alfileres (herr Liszt estaba muy satisfecho con aquella actividad de Gretel). Y Bruno hacía exactamente lo que le pedían, no causaba ningún problema y disfrutaba con el hecho de tener un amigo secreto del que nadie sabía nada.

Hasta que un buen día Padre llamó a Bruno y Gretel a su despacho y les comunicó los cambios que se avecinaban.

—Sentaos, niños —dijo señalando los dos grandes sillones de piel, donde siempre les advertían que no debían sentarse cuando tenían ocasión de entrar en el despacho de Padre porque llevaban las manos sucias. Padre se sentó detrás de su escritorio—. Hemos decidido realizar ciertos cambios —empezó, y parecía un poco triste—. Decidme: ¿sois felices aquí?

—Sí, Padre, por supuesto —respondió Gretel.

—Sí, Padre —contestó Bruno.

—¿Y nunca echáis de menos Berlín?

Los niños pensaron un momento y se miraron, preguntándose cuál de los dos iba a comprometerse primero a dar una respuesta.

—Bueno, yo lo añoro muchísimo —dijo Gretel al final—. No me importaría volver a tener amigas.

Bruno sonrió pensando en su secreto.

—Amigas —dijo Padre, asintiendo con la cabeza—. Sí, he pensado a menudo en eso. A veces debes de haberte sentido sola.

—Sí, muy sola —confirmó Gretel.

—¿Y tú, Bruno? ¿Echas de menos a tus amigos?

—Pues... sí —contestó él, sopesando con cuidado su respuesta—. Pero creo que allá donde fuese siempre echaría de menos a alguien. —Era una referencia indirecta a Shmuel, pero no quería ser más explícito.

—Pero ¿te gustaría volver a Berlín? —preguntó Padre—. Me refiero a si hubiera alguna posibilidad.

—¿Todos nosotros? —preguntó Bruno.

Padre soltó un hondo suspiro y negó con la cabeza.

—Madre, Gretel y tú. Volveríais a la casa de Berlín. ¿Te gustaría?

Bruno reflexionó.

—Bueno, si tú no vinieras no me gustaría —contestó, porque era la verdad.

—Entonces ¿preferirías quedarte aquí conmigo?

—Preferiría que los cuatro continuáramos juntos —dijo él, incluyendo a Gretel a regañadientes—. En Berlín o en Auchviz.

—¡Oh, Bruno! —exclamó Gretel con exasperación, y Bruno no supo si lo había dicho porque podía estar estropeándole los planes de regresar a Berlín o porque (según ella) seguía pronunciando mal el nombre de su casa.

—Bien, me temo que de momento eso no será posible —dijo Padre—. Me temo que el Furias todavía no tiene previsto relevarme de mi puesto. Por otra parte, Madre cree que éste sería un buen momento para que vosotros tres volvierais a casa y os instalarais allí, y pensándolo bien... —Hizo una breve pausa y miró por la ventana que tenía a su izquierda, por la que se veía el campo que había al otro lado de la alambrada—. Pensándolo bien, quizá tenga razón. Quizá éste no sea un lugar adecuado para criar a dos niños.

—Pues aquí hay cientos de niños —dijo Bruno impulsivamente—. Lo que pasa es que están al otro lado de la alambrada.

Tras aquel comentario hubo un silencio, pero no un silencio normal de los que se producen cuando nadie habla, sino un silencio muy ruidoso. Padre y Gretel miraron a Bruno de hito en hito.

—¿Qué quieres decir con que al otro lado hay cientos de niños? —preguntó Padre—. ¿Qué sabes tú de lo que pasa allí?

Bruno abrió la boca para responder, pero temía meterse en un aprieto si hablaba demasiado.

—Los veo desde la ventana de mi dormitorio —dijo al final—. Están muy lejos, claro, pero por lo que parece hay cientos. Y todos llevan pijama de rayas.

—Ya, el pijama de rayas —dijo Padre asintiendo con la cabeza—. ¿Y has estado observándolos?

—Bueno, los he visto. No estoy seguro de que sea lo mismo.

Padre sonrió.

—Muy bien, Bruno —dijo—. Y tienes razón, no es lo mismo. —Volvió a vacilar un momento y entonces hizo un movimiento con la cabeza, como si hubiera tomado una decisión irrevocable—. Sí, Madre tiene razón —dijo, sin mirar a Gretel ni a Bruno—. Tiene toda la razón. Lleváis mucho tiempo aquí. Ya es hora de que volváis a casa.

Y así fue como se tomó la decisión. Enviaron un aviso, pues había que limpiar la casa a fondo, barnizar la barandilla, planchar las sábanas y hacer las camas, y Padre anunció que Madre, Gretel y Bruno regresarían a Berlín la semana siguiente.

El niño comprendió que volver a Berlín no le ilusionaba tanto como habría podido imaginar y que no tenía ninguna gana de comunicarle la noticia a Shmuel.

# 18

## Cómo se ideó la aventura final

El día después de que Padre dijera a Bruno que pronto volvería a Berlín, Shmuel no fue a la alambrada como era habitual. Tampoco apareció al día siguiente. El tercer día, cuando Bruno llegó allí, no estaba; esperó diez minutos y estaba a punto de volver a casa, sumamente preocupado por tener que marcharse de Auchviz sin haberse despedido de su amigo, cuando a lo lejos un punto se convirtió en una manchita que se convirtió en un borrón que se convirtió en una figura que a su vez se convirtió en el niño del pijama de rayas.

Bruno sonrió al verlo sentarse en el suelo y sacó de su bolsillo el trozo de pan y la manzana que había llevado de casa para dárselos. Pero ya desde lejos había advertido que su amigo parecía más triste que de costumbre, y tampoco cogió la comida con el entusiasmo de siempre.

—Pensaba que ya no vendrías —dijo Bruno—. Vine ayer y anteayer y no estabas.

—Lo siento —dijo Shmuel—. Es que ha pasado una cosa.

Bruno lo miró y entornó los ojos, intentando adivinar qué podía haber pasado. Se preguntó si también a él le habrían dicho que volvía a su casa; después de todo, a veces ocurren coincidencias como ésa, como el hecho de que Bruno y Shmuel hubieran nacido el mismo día.

—¿Qué? —preguntó Bruno—. ¿Qué ha pasado?

—Mi padre —dijo Shmuel—. No lo encontramos.

—¿Que no lo encontráis? Eso es muy raro. ¿Qué quieres decir? ¿Que se ha perdido?

—Supongo. El lunes estaba aquí, luego se marchó a hacer su turno de trabajo con unos cuantos hombres más y ninguno ha regresado todavía.

—¿Y no te ha escrito ninguna carta? ¿No te ha dejado ninguna nota diciendo cuándo piensa volver?

—No —contestó Shmuel.

—Qué raro —se extrañó Bruno—. ¿Ya lo has buscado bien? —preguntó tras una pausa.

—Claro que lo he buscado —dijo Shmuel exhalando un suspiro—. He hecho eso de lo que tú siempre hablas. He explorado por ahí.

—¿Y no has encontrado rastro de él?

—No, ni rastro.

—Pues eso es muy extraño. Pero seguramente tiene una explicación muy sencilla.

—¿Y cuál es? —preguntó Shmuel.

—Supongo que habrán llevado a los hombres a trabajar a otro pueblo y que tendrán que quedarse allí unos días, hasta que terminen su trabajo. De todas formas, este sitio no es ninguna maravilla. Ya verás como no tarda en aparecer.

—Eso espero —dijo Shmuel, que estaba al borde del llanto—. No sé qué vamos a hacer sin él.

—Si quieres puedo preguntarle a Padre si sabe algo —dijo Bruno con cautela, confiando en que su amigo no dijera que sí.

—No creo que sea buena idea —dijo Shmuel, lo cual produjo cierta inquietud en Bruno, pues no era un rechazo rotundo de su ofrecimiento.

—¿Por qué no? —insistió igualmente—. Padre está muy informado de todo lo que ocurre al otro lado de la alambrada.

—Me parece que a los soldados no les caemos bien. Bueno —añadió con algo parecido a una risotada—, sé muy bien que no les caemos bien. Nos odian.

Bruno dio un respingo.

—Estoy seguro de que no es así —dijo.

—Sí, nos odian —insistió Shmuel inclinándose hacia delante, entornando los ojos y haciendo una mueca de rabia con los labios—. Pero eso no me importa, porque yo también los odio. ¡Los odio! —repitió con convicción.

—Pero a Padre no lo odias, ¿verdad? —preguntó Bruno.

Shmuel se mordió el labio inferior y no dijo nada. Había visto al padre de Bruno en varias ocasiones y no entendía cómo aquel hombre podía tener un hijo tan simpático y amable.

—En fin —dijo Bruno tras una pausa, pues no quería seguir hablando de aquel asunto—, yo también tengo que contarte una cosa.

—¿Ah, sí? —dijo Shmuel levantando la cabeza, esperanzado.

—Sí, que voy a volver a Berlín.

Shmuel puso cara de sorpresa.

—¿Cuándo? —preguntó, y la voz se le quebró un poco.

—A ver, hoy es jueves. Y nos vamos el sábado. Después de comer.

—Pero ¿cuánto tiempo vas a estar fuera?

—Creo que nos vamos para siempre —respondió Bruno—. A Madre no le gusta Auchviz, dice que no es un sitio adecuado para criar a dos hijos, así que Padre va a quedarse trabajando aquí porque el Furias tiene grandes proyectos para él, pero los demás volvemos al hogar. —Utilizó la palabra «hogar», pese a que ya no estaba seguro de dónde estaba su hogar.

—Entonces ¿no volveré a verte? —preguntó Shmuel.

—Bueno, sí, algún día. Podrías venir de vacaciones a Berlín. Al fin y al cabo, no te quedarás aquí para siempre, ¿no?

Shmuel negó con la cabeza.

—Supongo que no —dijo con tristeza. Y añadió—: Cuando te marches, ya no tendré nadie con quien hablar.

—Ya —dijo Bruno. Quería añadir «Yo también te echaré de menos, Shmuel», pero le dio un poco de vergüenza—. Así que, hasta entonces, mañana nos veremos por última vez. Mañana tendremos que despedirnos. Procuraré traerte un regalo especial.

Shmuel asintió con la cabeza, pero no encontraba palabras para expresar la pena que sentía.

—Me habría gustado poder jugar contigo —dijo Bruno tras una larga pausa—. Aunque sólo fuera una vez. Sólo para tener algo que recordar.

—A mí también —coincidió Shmuel.

—Llevamos más de un año hablando y no hemos podido jugar ni una sola vez. ¿Y sabes otra cosa? —agregó—. Todo este tiempo he estado observando dónde vives desde la ventana de mi dormitorio, pero nunca he visto por mí mismo cómo es.

—No te gustaría —dijo Shmuel—. Tu casa es mucho más bonita.

—Ya, pero me habría gustado ver la tuya.

Shmuel caviló unos momentos, entonces se inclinó y levantó un poco la alambrada, hasta formar un hueco por donde habría podido colarse un niño pequeño, quizá de la estatura y el tamaño de Bruno.

—¿Por qué no pasas? —propuso.

Bruno parpadeó y se lo pensó.

—No creo que me dejen —dijo con reserva.

—Bueno, seguramente tampoco te dejan venir aquí todos los días y hablar conmigo —dijo Shmuel—. Pero aun así lo haces, ¿no?

—Pero si me descubrieran me las cargaría —razonó Bruno, que estaba seguro de que Madre y Padre no lo aprobarían.

—En eso tienes razón —dijo Shmuel; soltó la alambrada y se quedó mirando el suelo con lágrimas en los ojos—. Supongo que mañana nos veremos y nos despediremos.

Los dos se quedaron callados un momento. De pronto Bruno tuvo una idea genial.

—A no ser... —empezó, pensándolo y dejando que el plan fuera tramándose en su mente. Se tocó la rapada cabeza; el pelo apenas había empezado a crecer—. Dijiste que me parecía a ti, ¿recuerdas? —le preguntó a Shmuel—. Porque me habían afeitado la cabeza.

—Sí, pero más gordo.

—Pues aprovechando que me parezco a ti, y si tuviera también un pijama de rayas, podría ir de visita al otro lado sin que se enterara nadie.

Shmuel sonrió de oreja a oreja y el rostro se le iluminó.

—¿Estás seguro? —preguntó—. ¿Lo harías?

—Claro —dijo Bruno—. Sería una aventura estupenda. Nuestra aventura final. Por fin podría explorar un poco.

—Y podrías ayudarme a encontrar a mi padre.

—¿Por qué no? Daremos un paseo y veremos si encontramos alguna pista. Es lo que hay que hacer cuando se sale a explorar. El único problema es que necesitamos otro pijama de rayas.

—Eso tiene fácil arreglo —dijo Shmuel—. Los guardan en una cabaña. Puedo sacar uno de mi talla y traerlo. Entonces tú te cambias y vamos a buscar a mi padre.

—Perfecto —dijo Bruno, dejándose llevar por el entusiasmo del momento—. Entonces quedamos así.

—Nos encontramos aquí mañana a la misma hora —dijo Shmuel.

—Procura no llegar tarde esta vez —dijo Bruno mientras se levantaba y se sacudía el polvo de la ropa—. Y no te olvides del pijama de rayas.

Aquella tarde, los dos niños se marcharon a casa muy animados. Bruno estaba feliz con la perspectiva de una gran aventura; por fin tendría la oportunidad de ver qué pasaba al otro lado de la alambrada antes de volver a Berlín (y además podría explorar un poco en serio). Shmuel veía una ocasión para que alguien lo ayudara a encontrar a su padre. Para ambos parecía un plan muy sensato y una excelente manera de despedirse.

## 19

## Lo que pasó el día siguiente

El día siguiente, viernes, también fue lluvioso. Cuando despertó por la mañana, Bruno se asomó a la ventana y se llevó una decepción al ver que llovía a cántaros. De no ser porque aquélla iba a ser la última oportunidad para él y Shmuel de pasar un rato juntos (por no mencionar que la aventura prometía ser muy emocionante, sobre todo porque incluía un disfraz), lo habría dejado para otro día y habría esperado hasta la semana siguiente, cuando no tenía planeado nada especial.

Sin embargo, las agujas del reloj seguían avanzando y él no podía remediarlo. Además, todavía era temprano y podían pasar muchas cosas desde aquel momento hasta última hora de la tarde, que era cuando solían encontrarse los dos amigos. Seguramente para entonces habría parado de llover.

Durante las clases de la mañana con herr Liszt, Bruno miró una y otra vez por la ventana, pero no parecía que fuera a remitir, pues la lluvia golpeaba ruidosamente los cristales. A la hora de comer, miró por la ventana de la cocina y comprobó que estaba amainando y que el sol incluso asomaba tímidamente por detrás de un nubarrón. Durante las clases de Geografía e Historia de la tarde siguió mirando, pero la lluvia volvió a arreciar aún más y amenazó con romper los cristales de la ventana.

Por fortuna, paró de llover cuando herr Liszt estaba a punto de marcharse, así que Bruno se puso unas botas y su pesado abrigo, esperó a que no hubiera nadie a la vista y salió de la casa.

Sus botas chapoteaban por el barro y Bruno disfrutó más que nunca con el trayecto. A cada paso que daba se arriesgaba a tropezar y caerse, pero eso no llegó a suceder y consiguió mantener el equilibrio, incluso en un tramo del camino particularmente difícil, cuando levantó la pierna izquierda, la bota quedó enganchada en el barro y el pie se le salió.

Bruno miró el cielo, y aunque todavía estaba muy oscuro, pensó que, como había llovido mucho todo el día, seguramente estaría a salvo aquella tarde. Después, cuando llegara a casa, no iba a ser fácil justificar por qué iba tan sucio; pero aquello podría atribuirse a que era el típico niño, como siempre afirmaba Madre; no creía que tuviera muchos problemas. (Madre llevaba varios días más contenta de lo habitual, mientras iban cerrando las cajas con todas sus pertenencias y las cargaban en un camión para enviarlas a Berlín.)

Cuando Bruno llegó al tramo de la alambrada donde solían encontrarse, Shmuel estaba esperándolo, y por primera vez no estaba sentado con las piernas cruzadas y los ojos fijos en el suelo, sino de pie y apoyado contra la alambrada.

—Hola, Bruno —dijo cuando vio acercarse a su amigo.

—Hola, Shmuel.

—No estaba seguro de que volviésemos a vernos. Por la lluvia y eso —dijo Shmuel—. Pensé que quizá te quedarías en tu casa.

—Yo tampoco estaba seguro de poder venir —dijo Bruno—. Hacía muy mal tiempo.

Shmuel asintió y extendió los brazos hacia Bruno, que abrió la boca, asombrado. Shmuel le estaba mostrando unos pantalones de pijama, una camisa de pijama y una gorra de tela idénticos a los que vestía él. La ropa no parecía muy limpia, pero se trataba de un disfraz, y Bruno sabía que los buenos exploradores siempre llevaban la ropa adecuada.

—¿Todavía quieres ayudarme a encontrar a mi padre? —preguntó Shmuel, y Bruno se apresuró a asentir.

—Por supuesto —dijo, pese a que encontrar al padre de Shmuel no era tan importante para él como la perspectiva de explorar el mundo que había al otro lado de la alambrada—. No te dejaré en la estacada.

Shmuel levantó la parte inferior de la alambrada y le pasó la ropa, cuidando de que no tocara el suelo embarrado.

—Gracias —dijo Bruno, rascándose la pelada cabeza y preguntándose cómo no se le había ocurrido llevar una bolsa donde guardar su ropa, porque si la dejaba en el suelo se pondría perdida. Pero no tenía alternativa. Podía dejarla allí hasta más tarde y resignarse a encontrarla completamente manchada de barro, o podía suspenderlo todo, y eso, como sabe todo buen explorador, estaba descartado.

—Bueno, date la vuelta —dijo Bruno señalando a su amigo, que se había quedado allí plantado—. No quiero que me mires.

Shmuel obedeció, Bruno se quitó el abrigo y lo dejó con cuidado en el suelo. Luego se quitó la camisa y se estremeció ligeramente, pues hacía frío, antes de ponerse la camisa del pijama. Cuando se la pasó por la cabeza cometió el error de respirar por la nariz; no olía muy bien.

—¿Cuándo lavaron esto por última vez? —preguntó, y Shmuel se dio la vuelta.

—No sé si lo han lavado alguna vez —contestó.

—¡Date la vuelta! —ordenó Bruno, y Shmuel obedeció.

Bruno miró a izquierda y derecha una vez más, pero seguía sin haber nadie por allí, así que inició la difícil tarea de quitarse los pantalones mientras mantenía el equilibrio con una sola pierna. Le produjo una sensación muy extraña quitarse los pantalones al aire libre, y no quería ni imaginar lo que pensaría cualquiera que lo viera haciéndolo, pero al final, y con gran esfuerzo, logró completar la tarea.

—Ya está —anunció—. Ahora ya puedes mirar.

Su amigo se volvió en el preciso instante en que Bruno daba el toque final a su disfraz calándose la gorra. Shmuel parpadeó y meneó la cabeza. Era extraordinario. Si no fuera porque Bruno no estaba tan delgado ni tan pálido como los niños de su lado de la alambrada, habría costado distinguirlo de ellos. Casi podía decirse (o eso pensó Shmuel) que en realidad eran todos iguales.

—¿Sabes a qué me recuerda esto? —preguntó Bruno.

—¿A qué?

—A la Abuela. ¿Recuerdas que te hablé de ella? La que murió...

Shmuel asintió; Bruno le había hablado mucho de ella todo aquel año y le había explicado cuánto la quería y cómo lamentaba no haber tenido tiempo para escribirle más cartas antes de su muerte.

—Me recuerda a las obras de teatro que preparaba con Gretel y conmigo —dijo Bruno, y desvió la mirada mientras rememoraba aquellos días en Berlín, que formaban parte de los pocos recuerdos que se resistían a difuminarse—. Siempre tenía un disfraz adecuado para mí. «Si llevas el atuendo adecuado, te sientes como la persona que finges ser», solía decirme. Supongo que eso es lo que estoy haciendo ahora, ¿no? Fingir que soy una persona del otro lado de la alambrada.

—Quieres decir un judío —precisó Shmuel.

—Sí —afirmó Bruno, un poco turbado—. Exacto.

Shmuel señaló las pesadas botas de su amigo.

—Vas a tener que dejar las botas aquí —dijo.

Bruno se horrorizó.

—Pero... ¿y el barro? No querrás que vaya descalzo, ¿verdad?

—Si vas con esas botas te reconocerán —argumentó Shmuel—. No tienes opción.

Bruno suspiró, pero su amigo tenía razón, así que se quitó las botas y los calcetines y los dejó junto al resto de su ropa. Al principio le produjo una sensación muy desagradable pisar descalzo el barro; los pies se hundieron hasta los tobillos y cada vez que levantaba uno era peor. Pero luego empezó a gustarle.

Shmuel se agachó y levantó la base de la alambrada, que sólo cedió lo justo, por lo que Bruno tuvo que arrastrarse por debajo; al hacerlo, su pijama de rayas quedó completamente embarrado. Cuando llegó al otro lado y se miró, soltó una risita. Nunca había estado tan sucio, y le encantaba.

Shmuel rió también y ambos se quedaron juntos un momento, de pie, sin saber muy bien qué hacer, pues no estaban acostumbrados a estar en el mismo lado de la alambrada.

Bruno sintió ganas de abrazar a Shmuel y decirle lo bien que le caía y cuánto había disfrutado hablando con él durante todo ese año. Por su parte, Shmuel sintió ganas de abrazar a Bruno y darle las gracias por sus muchos detalles, por todas las veces que le había llevado comida y porque iba a ayudarlo a encontrar a su padre. Pero ninguno de los dos abrazó al otro.

Echaron a andar hacia el interior del campo alejándose de la alambrada, un recorrido que Shmuel había hecho casi todos los días desde hacía un año, desde el día que burló a los soldados y consiguió llegar a la única parte de Auchviz que no parecía estar vigilada constantemente, un sitio donde había tenido la suerte de encontrar a un amigo como Bruno.

No tardaron mucho en llegar a donde iban.

Bruno abrió bien los ojos, dispuesto a maravillarse ante las cosas que vería. Había imaginado que en las cabañas vivían familias felices, algunas de las cuales, al anochecer, se sentarían fuera en mecedoras para contarse historias y comentar que todo era mejor antes, cuando ellos eran pequeños y tenían respeto por sus mayores, no como los niños de hoy en día. Pensaba que todos los niños y niñas que vivían allí estarían en diferentes grupos, jugando al tenis o al fútbol, brincando o trazando cuadrados en el suelo para jugar al tejo.

Había imaginado que habría una tienda en el centro y quizá una pequeña cafetería como las de Berlín; y se había preguntado si habría un puesto de fruta y verdura.

Pero resultó que todas las cosas que esperaba ver brillaban por su ausencia.

No había personas adultas sentadas en mecedoras en los porches.

Y los niños no jugaban en grupos.

Tampoco había ningún puesto de fruta y verdura, ni ninguna cafetería como las de Berlín.

Lo único que había era grupos de individuos sentados, con la mirada clavada en el suelo y expresiones de espantosa tristeza; todos estaban terriblemente delgados, tenían los ojos hundidos y llevaban la cabeza rapada, por lo que Bruno dedujo que allí también había habido una plaga de piojos.

En una esquina vio a tres soldados que parecían estar al mando de unos veinte hombres; les estaban gritando. Algunos hombres habían caído de rodillas y permanecían en esa postura, protegiéndose la cabeza con las manos.

En otra esquina había más soldados, riendo y manipulando sus fusiles, apuntando hacia un lado y otro pero sin disparar.

De hecho, allá donde mirase, lo único que veía era dos clases de personas: alegres soldados uniformados que reían y gritaban, y personas cabizbajas con su pijama de rayas, la mayoría con la mirada perdida, como si se hubieran dormido con los ojos abiertos.

—Me parece que esto no me gusta —declaró Bruno al cabo de un rato.

—A mí tampoco —coincidió Shmuel.

—Me parece que debería irme a casa —dijo Bruno.

Shmuel se detuvo y miró fijamente a su amigo.

—Pero ¿y mi padre? —preguntó—. Dijiste que me ayudarías a buscarlo.

Bruno se lo pensó. Le había hecho una promesa a su amigo y él no era de los que faltan a su palabra, sobre todo tratándose de la última vez que iban a verse.

—Está bien —dijo, aunque se sentía mucho más inseguro que antes—. Pero ¿dónde lo buscamos?

—Dijiste que teníamos que encontrar pistas —le recordó Shmuel; pensaba que Bruno era la única persona que podía ayudarlo.

—Sí, pistas. —Bruno asintió con la cabeza—. Tienes razón. Vamos allá.

De modo que Bruno cumplió su promesa y los dos niños pasaron una hora y media buscando pistas. No estaban muy seguros de qué andaban buscando, aunque Bruno seguía sosteniendo que un buen explorador sabe cuándo ha encontrado una pista.

Pero no encontraron nada que los orientara acerca del paradero del padre de Shmuel, y empezaba a oscurecer.

Bruno miró el cielo, que volvía a estar cubierto, como si fuera a llover.

—Lo siento, Shmuel —dijo al final—. Lamento que no hayamos encontrado ninguna pista.

Shmuel asintió con la cabeza tristemente. En realidad no estaba sorprendido. En realidad no esperaba encontrar nada. Pero de todas maneras le había gustado que su amigo pasara al otro lado de la alambrada para ver dónde vivía él.

—Creo que debería irme a mi casa —añadió Bruno—. ¿Me acompañas hasta la alambrada?

Shmuel abrió la boca para contestar, pero en ese momento se oyó un fuerte silbato y unos diez soldados rodearon una zona del campamento, la zona en que se encontraban Bruno y Shmuel.

—¿Qué pasa? —susurró Bruno—. ¿Qué significa esto?

—A veces pasa. Organizan marchas.

—¿Marchas? Yo no puedo participar en una marcha. Tengo que llegar a casa antes de la hora de cenar. Esta noche hay rosbif.

—¡Chist! —dijo Shmuel llevándose un dedo a los labios—. No digas nada o se enfadarán.

Bruno frunció el entrecejo, pero sintió alivio al ver que todos los ataviados con pijama de rayas de aquella parte se estaban congregando, y que a la mayoría los juntaban los soldados a empujones, así que Shmuel y él quedaron escondidos en el centro del grupo, donde no se los veía.

No sabía por qué parecían todos tan asustados (al fin y al cabo, hacer una marcha no era tan terrible). Le habría gustado decirles que no se preocuparan, que Padre era el comandante, y que si él quería que la gente hiciera aquellas cosas, no había nada que temer.

Volvieron a sonar los silbatos y el grupo, formado por cerca de un centenar de personas, empezó a avanzar despacio, con Bruno y Shmuel en el centro. Se oía un poco de alboroto hacia el fondo, donde algunas personas parecían reacias a desfilar, pero Bruno era demasiado bajito para ver qué pasaba y lo único que oyó fueron unos fuertes ruidos que parecían disparos, aunque no lo sabía con certeza.

—¿Dura mucho la marcha? —susurró, porque empezaba a tener hambre.

—Me parece que no —contestó Shmuel—. Nunca he vuelto a ver a nadie que haya ido a hacer una marcha. Pero supongo que no.

Bruno arrugó la frente. Miró el cielo y entonces oyó otro fragor, el ruido de un trueno, y de inmediato el cielo pareció oscurecerse más, hasta volverse casi negro, y empezó a llover a cántaros, aún más fuerte que por la mañana. Bruno cerró los ojos un instante y sintió cómo lo mojaba la lluvia. Cuando volvió a abrirlos, ya no estaba desfilando, sino más bien siendo arrastrado por toda aquella gente. Lo único que notaba era el barro pegado por todo el cuerpo y el pijama adhiriéndose a su piel por efecto de la lluvia. Anheló estar en su casa, contemplando el espectáculo desde lejos, y no arrastrado por aquella multitud.

—Bueno, basta —le dijo a Shmuel—. Aquí me voy a resfriar. Tengo que irme a casa.

Pero apenas lo dijo, sus pies subieron unos escalones y, sin detenerse, comprobó que ya no se mojaba porque estaban todos amontonados en un recinto largo y sorprendentemente cálido. Debía de estar muy bien construido porque allí no entraba ni una sola gota de lluvia. De hecho, parecía completamente hermético.

—Bueno, menos mal —comentó, alegrándose de haberse librado de la tormenta aunque sólo fuera por unos minutos—. Supongo que esperaremos aquí hasta que amaine y que luego podré marcharme a casa.

Shmuel se pegó cuanto pudo a Bruno y lo miró con cara de miedo.

—Lamento que no hayamos encontrado a tu padre —dijo Bruno.

—No pasa nada.

—Y lamento que no hayamos podido jugar, pero lo haremos cuando vayas a visitarme. En Berlín te presentaré a... ¿cómo se llamaban? —se preguntó, y sintió frustración porque se suponía que eran sus tres mejores amigos para toda la vida, pero ya se habían borrado de su memoria. No recordaba ni sus nombres ni sus caras—. En realidad —dijo mirando a Shmuel—, no importa que me acuerde o no. Ellos ya no son mis mejores amigos.

Miró hacia abajo y entonces hizo algo poco propio de él: le agarró una diminuta mano y se la apretó con fuerza.

—Tú eres mi mejor amigo —dijo—. Mi mejor amigo para toda la vida.

Es posible que Shmuel abriera la boca para contestar, pero Bruno nunca oyó lo que dijo, porque en aquel momento hubo una fuerte exclamación de asombro de todas las personas con pijama de rayas que habían entrado allí, y al mismo tiempo la puerta se cerró con un resonante sonido metálico.

Bruno arqueó una ceja; no entendía qué pasaba, pero dedujo que tenía que ver con protegerlos de la lluvia para que la gente no se resfriara.

Y entonces la larga habitación quedó a oscuras. Pese al caos que se produjo, de algún modo Bruno logró seguir sujetando la mano de Shmuel; no la habría soltado por nada del mundo.

## 20

## El último capítulo

Después de aquello, nada volvió a saberse de Bruno. Varios días más tarde, después de que los soldados hubieran registrado exhaustivamente los alrededores y recorrido los pueblos cercanos con fotografías del niño, uno de ellos encontró el montón de ropa y las botas que Bruno había dejado junto a la alambrada. No tocó nada y corrió en busca del comandante. Éste examinó el lugar y miró a derecha e izquierda, tal como había hecho Bruno, pero no logró explicarse qué le había pasado a su hijo. Era como si hubiera desaparecido de la faz de la tierra dejando sólo su ropa.

Madre no regresó a Berlín tan deprisa como había pensado. Se quedó en Auchviz varios meses, esperando noticias de Bruno, hasta que un día, de repente, pensó que quizá su hijo había vuelto a casa solo. Entonces regresó inmediatamente a su antiguo hogar, con la vaga esperanza de encontrarlo sentado en el escalón de la puerta, esperándola.

No estaba allí, por supuesto.

Gretel también regresó a Berlín, y pasaba mucho rato a solas en su habitación, llorando, pero no porque había tirado todas sus muñecas y dejado todos sus mapas en Auchviz, sino porque echaba mucho de menos a Bruno.

Padre se quedó en Auchviz un año más y acabó ganándose la antipatía de los otros soldados, a quienes trataba sin piedad. Todas las noches se acostaba pensando en Bruno y todas las mañanas se despertaba pensando en Bruno. Un día elaboró una teoría acerca de lo que había podido ocurrir y volvió al tramo de alambrada donde un año atrás habían encontrado la ropa de su hijo.

Aquel lugar no tenía nada especial ni diferente, pero Padre exploró un poco y descubrió que la base de la alambrada no estaba bien sujeta al suelo, como en los otros sitios, y que al levantarla dejaba un hueco lo bastante grande para que una persona muy pequeña, quizá un niño, se colara por debajo. Entonces miró a lo lejos y poco a poco fue atando cabos, y notó que las piernas empezaban a fallarle, como si ya no pudieran sostener su cuerpo. Acabó sentándose en el suelo y adoptando casi la misma postura que Bruno había adoptado todas las tardes durante un año, aunque sin cruzar las piernas debajo del cuerpo.

Unos meses más tarde, llegaron otros soldados a Auchviz y ordenaron a Padre que los acompañara, y él fue sin protestar y se alegró de hacerlo porque ya no le importaba lo que le hicieran.

Y así termina la historia de Bruno y su familia. Todo esto, por supuesto, pasó hace mucho, mucho tiempo, y nunca podría volver a pasar nada parecido.

Hoy en día, no.

# Agradecimientos

Mi gratitud para David Fickling, Bella Pearson y Linda Sargent por sus consejos y sagaces comentarios, y por no dejarme perder nunca el enfoque de la historia. Y gracias, como siempre, a mi agente Simon Trewin por apoyarme desde el principio.

Gracias también a mi vieja amiga Janette Jenkins por animarme tras leer el primer borrador.

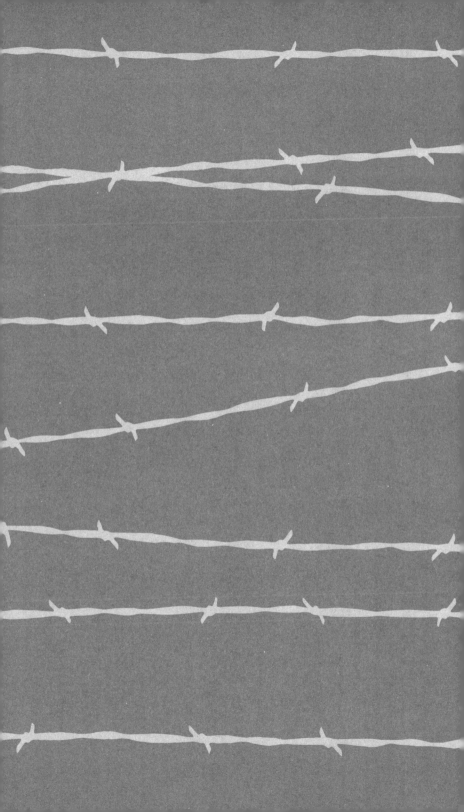

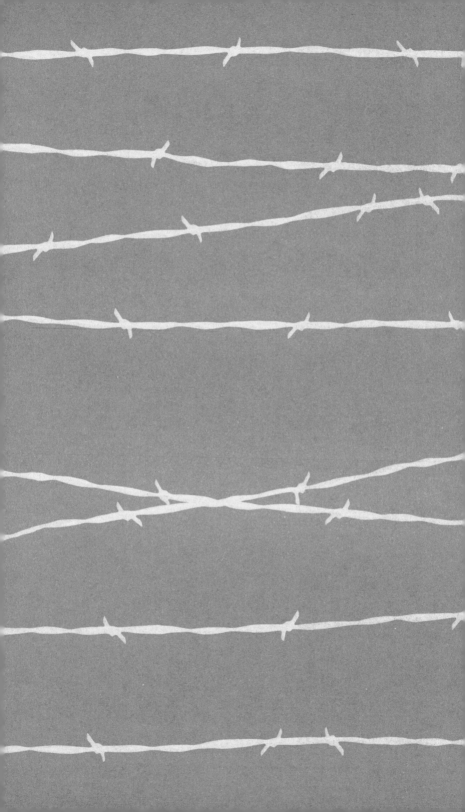